Bibliothekar Ernst lebt sein Leben in geregelten Bahnen. Bis ihn eines Tages der Hilferuf einer unbekannten Frau erreicht – sie vertraut ihm ein Päckchen an, darin ist eine verschollene Handschrift aus dem 8. Jahrhundert. Doch wieso gelangt das Buch auf seinem Weg durch die Jahrhunderte ausgerechnet zu ihm? Und wer interessiert sich noch dafür – und warum? Aus dem unauffälligen Bibliothekar wird ein Detektiv, der auch vor ungewöhnlichen Methoden nicht zurückscheut, um dem Rätsel auf die Spur zu kommen.

Franz Hohler wurde 1943 in Biel, Schweiz, geboren. Er lebt heute in Zürich und gilt als einer der bedeutendsten Erzähler seines Landes. Franz Hohler ist mit zahlreichen Preisen ausgezeichnet worden, zuletzt mit dem Solothurner Literaturpries, dem Alice-Salomon-Preis sowie dem Johann-Peter-Hebel-Preis.

Franz Hohler

Das Päckchen

Roman

btb

Sollte diese Publikation Links auf Webseiten Dritter enthalten, so übernehmen wir für deren Inhalte keine Haftung, da wir uns diese nicht zu eigen machen, sondern lediglich auf deren Stand zum Zeitpunkt der Erstveröffentlichung verweisen.

MIX
Papier aus verantwortungsvollen Quellen
FSC® C014496
FSC
www.fsc.org

Verlagsgruppe Random House FSC® N001967

1. Auflage
Genehmigte Taschenbuchausgabe Juli 2019

Neumarkter Str. 28, 81673 München
Covergestaltung: semper smile, München, nach einem Entwurf von buxdesign, München, unter Verwendung eines Motivs von © Plainpicture/Rupert Warren
Druck und Einband: GGP Media GmbH, Pößneck
cb · Herstellung: sc
Printed in Germany
ISBN 978-3-442-71830-6

www.btb-verlag.de
www.facebook.com/btbverlag

1

Warum er den Hörer abgenommen hatte, konnte er sich später nicht mehr erklären.

Er stand in der großen Unterführung des Berner Hauptbahnhofs und wollte von einem der wenigen öffentlichen Telefonapparate, die es noch gab, seine Frau anrufen, um ihr zu sagen, dass er mit einem späteren Zug komme, hatte auch schon seine Karte eingesteckt, als der Apparat neben ihm klingelte. Er schaute sich um, um zu sehen, ob da jemand war, der sich vielleicht zurückrufen ließ, aber erst am übernächsten Apparat sprach ein fremdländischer Mann eindringlich und leise in die Muschel, ohne auch nur den Kopf zu drehen. Da machte er einen Schritt, hob den Hörer und sagte: »Hallo?«

»Ernst«, sagte eine weibliche Stimme, »bist du es?«

Er erschrak. Er hieß Ernst.

Er zögerte einen Moment und sagte dann: »Ja. Wer spricht?«

»Ich«, sagte die Frau am andern Ende.

»Und –«

»Ich brauche deine Hilfe.«

»Aber –«

»Bitte.« Die Stimme klang verängstigt.

»Wie kann ich Ihnen helfen?«

»Ernst, ich bitte dich. Wir sind doch per Du.«

»Natürlich. Und wie kann ich helfen?«

»Komm bitte bei mir vorbei.«

»Ich muss leider –«

»Das hast du gestern schon gesagt. Komm bitte sofort. Ich muss dir etwas geben.«

Hier, sagte er sich später, hier hätte er aufhängen sollen, denn hier hatte er aus irgendeiner Neugier heraus begonnen, sich auf das Spiel einzulassen, indem er fragte:

»Wo wohnst du denn?«

»An der Gerechtigkeitsgasse, das weißt du doch.«

»Sicher«, sagte Ernst, »aber die Nummer?«

Als ihm die Frau die Nummer sagte, fragte er sich, ob er die Stimme kenne. Sie gehörte zweifellos einer alten Frau, war eher tief und ein bisschen brüchig, aber es kam ihm keine Person dazu in den Sinn, mit der er vertraut gewesen wäre. Doch er hörte sich sagen:

»Also gut, ich komme.«

Er hängte auf und merkte im selben Moment, dass er vergessen hatte, die Frau nach ihrem Namen zu fragen. Wieso auch? dachte er dann, wir kennen uns ja, und immerhin habe ich die Hausnummer, drehte sich um und schlug die Richtung zur Altstadt ein. Nach ein paar Schritten kam ihm in den Sinn, dass er seine Taxcard im andern Apparat vergessen hatte, ging noch einmal zurück und sah bereits eine junge Frau in den Hörer sprechen, höchst vergnügt, wie ihm schien, denn sie benutzte wohl seine Karte.

Dann ging er zur nächsten Aufgangstreppe, wandte sich oben nach rechts, ging am Hotel Schweizerhof vorbei und bog dann in die Straße ein, an deren Ende die Gerechtigkeitsgasse lag. Obwohl er eine Zeit lang in Bern gearbeitet hatte, musste er sich immer wieder vergegenwärtigen, wie die Abfolge der Straßennamen auf der großen Hauptverkehrsader war, die zur Aare hinunter führte, Kramgasse, Spitalgasse, Marktgasse, oder Marktgasse, Spitalgasse, Kramgasse, oder Spitalgasse, Marktgasse, Kramgasse, jeder Abschnitt hatte den Luxus eines eigenen Namens, aber der letzte Abschnitt vor der Nydeggbrücke, da gab es keinen Zweifel, war die Gerechtigkeitsgasse, und die war sein Ziel.

Er war immer wieder berührt vom Charme der Lauben, wie man die Arkaden hier nannte. Sie bedeckten die Trottoirs und erlaubten es bei Regen, praktisch von einem Ende einer Straßenzeile bis zum andern zu gehen, ohne nass zu werden. In ihrem Schutz befanden sich auch die Schaufenster der Läden, die sich hier aneinanderreihten und vor denen sich immer wieder kleine Menschengruppen bildeten, welche ein rasches Gehen unmöglich machten. Vielleicht war das mit ein Grund für die Langsamkeit, die man den Bernern zuschrieb. Wer es eilig hatte, trat aus den Lauben auf die Straße, musste sich aber in Acht nehmen, denn es verkehrten Trams, Busse und Fahrräder, und auch hier war man nicht vor Menschen sicher, die überraschend anhielten und sich mit »Tschou!« begrüßten. Ernst kannte keine andere Stadt, in der sich so viele Menschen grüßten und dazu stehen blieben, ein Dorf, dachte er manchmal, ein Dorf, dabei ist es die Hauptstadt der Schweiz, welche im Übrigen auch die ausländischen Touristen mühelos zu schlucken vermochte, die sich etwa vor dem Zytglogge-Turm ansammelten, wenn es auf eine volle Stunde zuging, wo zum Glockenschlag symbolhaltige Figuren auf einer Drehscheibe paradierten und wo die Erklärungen der Fremdenführer im Klicken der Kameras untergingen. Die Vergangenheit, die einem auf Schritt und Tritt begegnete, ließ genügend Gegenwart zu. Kellerräume waren in Boutiquen, Bars und Kleintheater umgewandelt worden, ihre Eingänge gaben immer noch die aufgeklappten Eisentüren aus früheren Zeiten frei. Diese Stadt, so kam es ihm vor, war eindeutig für den Menschen gebaut worden, und er wurde immer von einem angenehm ruhigen Gefühl ergriffen, wenn er sich durch ihre Gassen treiben ließ.

In dieses Gefühl mischte sich nun allerdings eine gewisse Unruhe, denn er war im Begriff, etwas für ihn ganz und gar Ungewohntes zu tun. Sein Leben verlief in geregelten Formen. Besuche, die er machte, waren angekündigt, Besuche, die er erhielt, auch, Menschen, die er nicht kannte, traf er in Sitzungen, auch diese wurden angekündigt, mit Freunden, die er treffen wollte, verabredete er sich – dass er eine Frau, die er nicht kannte und die ihn offensichtlich mit jemand anderem verwechselte, mit der er also nicht das Geringste zu tun hatte, einfach so aufsuchte, passte nicht in sein Alltagsverhalten. Er war Bibliothekar, 48, verheiratet mit Jacqueline, 45, ebenfalls Bibliothekarin, kinderlos, da sie so lange beruflich weiterkommen wollte, bis es für die Mutterrolle zu spät war, Wohnort Winterthur, Arbeitsort Zentralbibliothek Zürich, kurz ZB, seine Frau arbeitete in der Kantonsbibliothek St.Gallen. Heute war er einer Sitzung wegen nach Bern gefahren, in der es um Koordinationsfragen mit der Nationalbibliothek ging. Und auf einmal war er unterwegs zu einer alten Frau namens »Ich«, die Hilfe brauchte, *seine* Hilfe.

Er kam am Robert Walser-Zentrum vorbei, widerstand der Versuchung, schnell die Treppe hoch zu steigen und dem Leiter, den er kannte, Hallo zu sagen, kam am Einsteinhaus vorbei, bei dem ihm unvermutet die Formel »Gleichung mit einer Unbekannten« in den Sinn kam, und noch hätte er Zeit gehabt, umzukehren oder dem Wegweiser »Passanten-Herberge« zu folgen und aus der Gerechtigkeitsgasse, in der er mittlerweile eingetroffen war, in ein Nebengässchen abzubiegen, doch seine Neugier war stärker, und als er die Hausnummer, die ihm die Frau genannt hatte, erreichte, blieb er stehen und wurde sogleich zu einem Hindernis für eine junge Mutter mit einem Zwillingskinderwagen, die fast in ihn hineingefahren wäre. Mit einem »Tschuldigung« machte er einen Schritt zur Tür, drückte die Falle, und zu seiner Überraschung war sie nicht verschlossen. Auch das war Bern für ihn, ein mehrstöckiges Haus mitten in der Stadt, und jeder konnte hinein.

Drinnen empfing ihn ein Geruch, den er nicht einordnen konnte, etwas Abgestandenes, Jahrhundertealtes, in dem sich Käse, Hufeisen und Mehlsäcke mischten. Der Eingangskorridor war ziemlich eng, und er stand nun vor den Briefkästen und las die Namen. Wie könnte sie heißen? Ischi? Della Giacoma? Gattiker? Blanchard? Hatte sie mit Akzent gesprochen? Schaefer? Die erste Tür im Erdgeschoss war mit »R. + M. Gattiker« angeschrieben. Nein, sie muss alleinstehend sein, dachte er und beschloss, die Treppe hochzugehen und jede Tür in Augenschein zu nehmen. Im ersten Stock war eine Tür geöffnet. Er blickte kurz hinein, es war ein kleiner, für eine Veranstaltung bestuhlter Saal zu sehen. An den Wänden hingen lauter Rahmen, die mit Fotos von Verbindungsstudenten angefüllt waren, die ältesten davon in bräunlicher Farbe.

»Suchen Sie jemanden?«

Ein Mann in einem blauen Hauswartskittel stand hinter ihm. Als Ernst nicht gleich antwortete, sagte der Mann:

»Der Vortrag ist erst morgen.«

»Danke.«

Ernst zögerte.

»Ich wollte eigentlich zu einer alten Dame weiter oben.«

»Frau Schaefer? Die wohnt im dritten Stock, ja.«

Ernst nickte, ging zur Treppe, hielt dann inne und fragte den Hauswart, der immer noch dastand:

»Und schafft sie das noch?«

Der Hauswart zuckte mit den Schultern und sagte: »Allzu lang nicht mehr. Aber in ein Heim will sie nicht.«

»Wer will schon in ein Heim?«

»Sie kennen Frau Schaefer?«

»Weitläufig verwandt«, sagte Ernst, »aber lange nicht gesehen.«

Er wunderte sich, wie leicht ihm das Lügen fiel.

»Sie wird Sie hoffentlich erkennen. Sie sieht fast nichts mehr.«

»Hoffentlich erkenne *ich* sie noch. Nach so langer Zeit.«

»Sie wird sich freuen. Hat sonst nicht viel Besuch. Außer zwei-, dreimal vor Kurzem.«

»Also dann, auf Wiedersehen.«

»Auf Wiedersehen.«

Ernst stieg das Treppenhaus hoch. Die hölzernen Stufen knarrten bei jedem Tritt. Im zweiten Stock angekommen, wandte er sich zur nächsten Treppe um und sah, dass ihm der Hauswart immer noch nachschaute.

Da rief von oben eine Stimme:

»Ernst, bist du's?«

Ernst blickte hinauf, sah jedoch niemanden.

»Ja,« rief er, »ich komme!«

Er stieg die ächzenden Stufen hinauf, und als er den oberen Absatz erreichte, sah er die Frau vor einer offenen Tür stehen. Sie war größer, als er gedacht hatte, trug einen langen schwarzen Faltenrock, eine blaue Bluse mit einer grünen Strickjacke, ihre weißen Haare fielen in ungepflegten Strähnen bis zu den Schultern, und ihr Gesicht wurde von einer Hornbrille mit stark gewölbten Gläsern dominiert.

Sie streckte ihren Kopf etwas vor und musterte ihn von oben bis unten.

»Du hast dich verändert«, sagte sie, »auch deine Stimme ist höher geworden«, und lud ihn mit einer Handbewegung ein, hereinzukommen.

»Wir haben uns lange nicht gesehen«, gab Ernst zurück und schielte beim Eintreten auf das Namensschild, in der Hoffnung auf einen Vornamen. »Ph. + A. Schaefer« stand da, aber die Wohnung wirkte nicht so, als ob es noch einen

Ph. gäbe. Im Korridor, in dem eine schwache Deckenlampe ein Dämmerlicht verbreitete, waren vor der einen Wand Stapel von alten Zeitungen so hoch aufgeschichtet, dass sie den unteren Teil eines großen Wandspiegels verdeckten und man sich nur noch bis zum Gürtel sehen konnte.

»Komm in die Küche, das Wohnzimmer kann man nicht betreten.«

Er folgte ihr in die Küche, indem er die Mäntel eines überfüllten Kleiderständers streifte und beinahe über eine Reihe von gefütterten Winterschuhen stolperte, die der Garderobe vorgelagert war. Die Küche war sehr schmal, der Küchenschrank stieß beinahe an den Tisch, die Spüle war voll mit ungewaschenem Geschirr, das sich bis zum Wasserhahn türmte.

»Setz dich«, sagte die Frau und wies auf einen Hocker vor dem Küchentisch, auf dem einige Hefte einer Zeitschrift lagen. Ernst nahm sie in die Hand, das oberste war »Die Alpen«, eine Publikation des Schweizerischen Alpenclubs. Auf dem Tisch war eine halb ausgegessene Salatschüssel, ein Brotbrett mit einem angeschnittenen Grahambrot, eine Tasse mit einem Teebeutel drin, daneben eine Flasche Olivenöl, die in einer fettig glänzenden Pfütze stand, umgeben von weiteren, ungespülten Tellern, und als er keinen freien Platz für die Hefte sah, legte er sie auf den Hocker zurück und setzte sich aufs Zermatter Weisshorn.

Dann beschloss er, das Missverständnis aufzuklären.

»Die Sache ist die –«

»Also, Ernst, das wollte ich dir schon lange geben«, sagte die Frau, öffnete die Schublade des Küchentischs, die etwas klemmte, so dass die Teller klirrten und die Olivenölflasche wackelte, zog einen Gegenstand heraus, der in Packpapier eingewickelt war, und überreichte ihn ihrem Besucher.

»Es ist einfach so, dass –«

»Es ist besser, wenn das bei dir ist.«

»Was ich sagen wollte –«

»Sie haben schon zweimal danach gesucht.«

»Wer sind *sie*?«

»Frag mich nicht nach Namen, ich kann nichts mehr behalten.«

»Aber in welcher Verbindung stehen sie zu Ihnen, ich meine, zu dir oder zu, eehm –«

»Zu Philipp? Einer hat ihn noch gekannt, behauptet er, ein Bergfreund, aber ich war nie in den Bergen und kenne ihn nicht, und der andere ist von irgendeinem Antiquariat, und den kenne ich noch weniger. Ich bin froh, wenn du es mitnimmst und gut aufbewahrst – nein, mach es jetzt nicht auf, sondern geh lieber, bevor sie wieder kommen. Sie sind mir nicht geheuer.«

Ernst zögerte. Er blickte die Frau nochmals an, die einen Ernst so dringend um Hilfe gebeten hatte, und wenn dieser Ernst nicht reagierte, dann war ihr vielleicht wirklich geholfen, wenn er für den andern Ernst einsprang. Sie tat ihm leid, wie sie da in einer überfüllten Küche stand, weil ihr Wohnzimmer offenbar unbetretbar war. Die sinnvollere Hilfe wäre gewesen, wenn man ihr zuerst einmal das Geschirr waschen und versorgen, den Tisch abräumen und putzen würde. Aber darum sollte sich der richtige Ernst kümmern, wenn er dann kam. Doch wahrscheinlich kam er gerade deswegen nicht. Und es war nicht zu übersehen, dass sie sich vor irgendetwas fürchtete, etwas, das mit dem eingewickelten Gegenstand zu tun hatte.

»Wenn du meinst«, sagte er schließlich, stand auf und steckte das Päckchen in seinen Stadtrucksack.

Die Frau war erleichtert.

»Danke«, sagte sie, »vielen Dank.«

Ernst schickte sich zum Gehen an, und als er im Korridor den Garderobeständer streifte, fiel ein großer schwarzer Herrenhut von zuoberst herunter.

»Entschuldigung«, murmelte Ernst und hob ihn auf, da fragte ihn die Frau: »Willst du ihn behalten?«

Ernst lächelte, schaute den Hut in seiner Hand an und setzte ihn dann wie im Scherz auf.

»Nimm ihn mit«, sagte die Frau, »als Andenken an Philipp.«

Ernst drehte sich zum großen Wandspiegel und hatte das Gefühl, ein anderer Mensch blicke ihn an.

»Wann ist er genau gestorben?« fragte er vorsichtig.

»Verschwunden ist er 1980. Für tot erklärt haben wir ihn 5 Jahre danach. Deine Mutter hat ja immer gehofft, er käme noch zurück, aber ich war sicher, dass er tot war.«

»Danke, dann behalt ich ihn gleich auf.«

Ernst war schon wieder überrascht von sich selber. Wie kam er dazu, er, der kein Hutträger war, nicht einmal ein Mützenträger? Mit seinem vollen, braunen, nach hinten gekämmten Haar hatte er nie ein Bedürfnis nach einer Kopfbedeckung verspürt, höchstens in den Bergen.

»Ich bin so froh, dass du gekommen bist«, sagte die Frau

und reichte ihm die Hand zum Abschied, hielt sie einen Moment fest und fragte: »Und wie geht es den Zwillingen?«

»Das erzähl ich dir das nächste Mal«, sagte Ernst, »ich muss jetzt los«, und drückte ihre Hand etwas stärker, bevor er sie losließ und die Treppe hinunterstieg.

Der Hauswart stand im ersten Stock wieder im Treppenhaus, sagte »Adieu!«, indem er die Hand hob und ihm nachschaute, leicht erstaunt, wie es Ernst schien, und als er die Tür zur Gerechtigkeitsgasse öffnete, stieß er fast mit einem Mann zusammen, der das Haus betreten wollte. Auf dem Trottoir drehte er sich nochmals um, um sich die Hausnummer zu merken, und sah, dass der Mann die Tür mit einer Hand immer noch offenhielt und hinter ihm her blickte.

Er stieg in den nächsten Bus zum Bahnhof, wo ihm gerade noch genügend Zeit blieb, um sich in der Unterführung die Telefonnummer des Apparats aufzuschreiben, an dem er den Anruf entgegengenommen hatte, bevor er sich aufatmend in den vordersten Erstklasswagen des Zugs nach Zürich setzte.

2

»Wäre es nicht langsam Zeit für ein Handy?«

Jacqueline war von ihrer Chorprobe zurück und stand im Türrahmen von Ernsts Arbeitszimmer. »Ich habe bis zuletzt mit dem Nachtessen auf dich gewartet.«

»Es tut mir leid, die Sitzung dauerte länger, die Telefonkabine am Helvetiaplatz gibt's offenbar nicht mehr, und am Bahnhof war ich zu knapp dran.«

»Das meine ich ja,« sagte sie, »genau für solche Fälle.«

»Natürlich hast du recht – dann trage ich eben auch zum Sterben der öffentlichen Telefonsäulen bei.«

»Hast du dir dein Nachtessen gewärmt?«

»Mit Genuss, mein Liebes, mit Genuss, vielen Dank. Wie war die Probe?«

»Etwas mühsam – die Tenöre können einfach nicht singen. ›Quis est homo‹ mussten wir sicher siebenmal repetieren, weil sie den Ton nie trafen. Du wärst ein guter Tenor … Und die Sitzung?«

»Ebenfalls etwas mühsam – die Kollegen treffen den Ton auch nicht immer.«

Jacqueline wünschte Ernst eine gute Nacht und zog sich in ihr Zimmer zurück, während er an seinem Schreibtisch sitzen blieb.

Er wunderte sich. Soeben hatte er wieder mit großer Leichtigkeit gelogen, diesmal aber gegenüber seiner eigenen Frau.

Als er nach Hause gekommen war, hatte er sich lange überlegt, ob er den schwarzen Hut einfach an die Garderobe hängen sollte. Der Wandspiegel, vor den er sich stellte, zeigte einen Mann, den er nicht kannte, der ihm aber auf eine seltsame Art gefiel. Eine gewisse Kühnheit ging von ihm aus, etwas Tatkräftiges auch und Zielbewusstes. Schließlich hatte er den Hut in das Regal seines Kleiderschranks gelegt, in dem er seine Ausrüstung für Bergtouren aufbewahrte.

Dann hatte er mit mäßigem Appetit in der Küche gegessen, war danach in sein Arbeitszimmer gegangen, hatte das Päckchen aus dem Rucksack gezogen und war, als er es in den Händen hielt, von einer unerklärlichen Angst ergriffen worden. Auch das war ihm fremd. Manchmal, in den Bergen, wenn er allein unterwegs war, gab es einen kleinen Moment des Zweifels, ob er diesen steil abfallenden Grat bis zum Gipfel wirklich begehen sollte, ein Kräuseln im Magen, eine kurze Sturzphantasie – aber mit dem Entschluss zu gehen, war die Furcht jeweils verflogen. Er wusste auch, je länger man wartete, desto stärker wurde der Zweifel, desto nachhaltiger meldete sich der Magen, als säße der Schwindel nicht im Kopf, sondern im Bauch. Als der Entschluss, das Päckchen zu öffnen, einfach nicht kommen wollte, hatte er die Schublade seines Schreibtischs geöffnet und es hineingelegt. Dann hatte er seinen Computer angeworfen und begonnen, einen Bericht über die heutige Sitzung zu schreiben.

Oder hatte er einfach vermeiden wollen, dass ihn Jacqueline beim Auspacken überraschte? Zwar hatte er nicht bewusst beschlossen, seiner Frau den Abstecher zur Gerechtigkeitsgasse zu verschweigen, aber gehandelt hatte er, als hätte er es beschlossen. Vielleicht hatte es ein anderer an seiner Stelle beschlossen, der mit dem schwarzen Hut, den er im Spiegel gesehen hatte? Sie waren bei ihrer Heirat nicht mehr ganz jung gewesen, hatten beide einige Liebschaften und Trennungen hinter sich, belanglose und schmerzhafte, und waren damals übereingekommen, keine Geheimnisse voreinander zu haben. Und nun war etwas geschehen, das so sehr ein Geheimnis sein wollte, dass es ihm bereits eine Lüge entlockt hatte, eine läppische Lüge, der ersten, die einem bei einem Seitensprung in den Sinn gekommen wäre. Oder zwei sogar, denn ob es die Telefonsäule beim Helvetiaplatz nicht mehr gab, wusste er gar nicht, er war nicht einmal sicher, ob es je eine gegeben hatte. Aber eigentlich gab es keinen Grund, dieses Erlebnis für sich zu behalten.

Lächerlich, sagte er sich dann, morgen werde ich ihr alles erzählen. Er ging auf die Toilette, sah, dass die Lampe im Badezimmer gelöscht war, horchte kurz an der Zimmertür seiner Frau, versicherte sich, dass kein Lichtstreifen zwischen Schwelle und Tür hervordrang, ging dann in sein Zimmer zurück und machte die Schreibtischschublade auf. Er zog das Päckchen hervor und legte es vor sich auf den Tisch. Es war in braunes Papier eingewickelt und mit einer

Hanfschnur zugebunden, mit einem jener eng angezogenen Knöpfe, die ihm seine Frau schon so oft beizubringen versucht hatte, wenn er sich mit dem Bündeln alter Zeitungen abmühte. Ohne Erfolg, bei ihm hatte zwischen dem Knopf und der obersten Zeitung immer noch eine geballte Faust Platz, und die Zeitungen drohten während des Hinuntertragens herauszurutschen. Eine Schere war wie üblich bei seinen Schreibutensilien nicht zu finden, also zog er sein Taschenmesser hervor, das er stets bei sich trug, und schnitt die Schnur durch.

Das Papier war mit einem Klebestreifen verschlossen, der einmal durchsichtig gewesen war und mit der Zeit eine braungelbe Färbung angenommen hatte. Vorsichtig fuhr er mit der Messerklinge darunter und schnitt das Klebeband mit feinen Bewegungen auf. Darunter kam eine weitere Verpackung zum Vorschein. Ein Blatt aus einer Liedersammlung umschloss einen Gegenstand, der etwa das Format einer kleinen Pralinenschachtel hatte. Auch dieses Blatt wurde durch einen Klebestreifen zusammengehalten. Ernst hielt einen Moment inne und tastete das Paket ab. Am ehesten ein Buch, dachte er, wenn ihm auch der vermutete Umschlag etwas weich zu sein schien. Nach einem letzten Zögern, bei dem in ihm nochmals die Angst der alten Frau aufstieg, der Inhalt könnte in falsche Hände gelangen, setzte er sein Taschenmesser an und schnitt den Klebestreifen auf.

Zum Vorschein kam tatsächlich ein Buch, ein Buch, bei dessen Anblick Ernst eine Gänsehaut bekam. Der dunkelbraune lederne Einband, von dem die Ecken leicht geknickt waren, der Rücken, durch den ein feiner Riss von oben bis zur Mitte verlief, der Geruch, der von ihm ausging, als werde ein längst vergessenes Kellergewölbe geöffnet, machten ihm sofort klar, dass vor ihm nicht einfach ein altes Buch lag, sondern ein Bote aus einer anderen Zeit. Weder auf dem Umschlag noch auf dem Buchrücken stand ein Titel geschrieben, auch das ein Zeichen für die Anfänge der Buchkultur. Behutsam schlug er die erste Seite auf. Das Vorsatzblatt war leer, es war, wie das ganze Werk, aus Pergament. Eine Handschrift also. Als er das Blatt umdrehte, musste er einen Moment den Atem anhalten. Eine große A-Majuskel eröffnete die Seite mit dem Wort »Abrogans«, und in einer zweiten Spalte stand »dheomodi«. Unter dem ersten Wort stand »humilis«, daneben in der zweiten Spalte »samftmoati«.

Ernst wusste sofort, worum es sich handelte. Der »Abrogans« war ein lateinisch-althochdeutsches Wörterbuch und galt als das älteste Buch deutscher Sprache. Das Werk war eine der größten Kostbarkeiten der Stiftsbibliothek St.Gallen, und er glaubte sich zu erinnern, dass es noch eine oder zwei Abschriften davon gab, die sich ebenfalls in der Obhut von Bibliotheken befanden. Bevor er darin zu blättern begann, überlegte er sich, ob es irgendwo in der Wohnung feine Stoffhandschuhe gab, um die Seiten vor dem Fett der Finger zu schützen. Seine Wollhandschuhe für die Berge waren zu dick, und so ging er in die Küche und suchte im Putzschrank nach Wegwerfhandschuhen. Über dem Staubsauger hingen welche, die man aus einem Klemmkarton ziehen konnte. Er zupfte sich zwei Stück heraus und streifte sie sich über.

Als er das Licht in der Küche löschen wollte, stand Jacqueline vor ihm und blickte verwundert auf seine Hände. »Was machst du denn?«

»Ich habe einen Flecken gemacht«, sagte Ernst, »mit dem Filzstift, und ich will keine Tinte an den Händen.«

»Einen Putzlappen hast du?« fragte Jacqueline.

»Keine Sorge, Liebes, ich habe alles. Geh ruhig schlafen.«

»Dann ist ja gut«. Jacqueline gähnte. »Gute Nacht, mach nicht zu lang.«

Sie ging zur Toilette, Ernst ging in sein Zimmer, schloss die Tür und setzte sich vor seinen Fund.

Schon wieder hatte er ohne zu zögern gelogen. Morgen, sagte er sich, morgen wird alles erklärt. Aber jetzt war er begierig darauf, sich das Buch genauer anzuschauen. Langsam schlug er eine Seite nach der andern um. In brauner Tinte waren da die Wörter geschrieben, manchmal war ein a, ein d oder ein o mit roter Farbe ausgefüllt, oder Anfangsbuchstaben waren mit roten Tupfen umringt. Einzelne Wörter oder Wortpaare erkannte er sofort, »auxilium – helfa« etwa, oder »domus – hus«, »obscurum – tunchal«, »cumolus – huffo«, »in caelum – in himile«.

Manchmal hatte eine Seite ein Loch oder war angerissen, die Ecken waren gelegentlich abgerundet, einige sahen wie von Mäusen angefressen aus, immerhin war ja Pergament aus Tierhaut gefertigt. Auf dem Pergament selbst gab es auch fleckige Stellen, die oft so stark waren, dass die Schrift kaum mehr zu lesen war. Als er auf einer der letzten Seiten auf den Anfang des althochdeutschen »Vaterunser« stieß, »Fater unseer thu pist in himile«, hatte er auf einmal einen

Tränenschleier vor den Augen. Er wischte ihn mit den Fingerkuppen ab und erschrak, als er den Kunststoff der Einweghandschuhe an den Lidern spürte.

Er war erstaunt über seine Rührung; nicht nur war er schon vor längerer Zeit aus der Kirche ausgetreten, er konnte sich auch nicht erinnern, wann er das letzte Mal geweint hatte, aber es war ihm, als höre er Mönche in einer romanischen Klosterkapelle das älteste christliche Gebet murmeln. In seiner Tätigkeit hatte er nicht mit alten Handschriften zu tun, doch er war fast sicher, dass dieses Buch, das vor ihm lag, echt war. Gab es überhaupt Fälschungen alter Handschriften? Das Alter eines Pergaments ließ sich heutzutage recht gut feststellen, ein Fälscher müsste sich also zunächst altes Pergament beschaffen, altes Leder für den Einband, müsste die Blätter bearbeiten, dass sie fleckig wurden, müsste, ganz abgesehen von der Wahl alter Tinten und alter Farben, alle Beschädigungen, welche die Jahrhunderte besorgt hatten, künstlich herstellen, nachstellen sozusagen, was ihm ein Ding der Unmöglichkeit schien.

Bloß, wenn dieses Buch echt war, woher kam es? Wo hatte es die letzten tausend Jahre verbracht? Ein Blick ins Internet bestätigte, was er vermutet hatte: Es gab von diesem Glossar aus dem 8. Jahrhundert außer dem Exemplar in St. Gallen noch zwei weitere Abschriften, die eine lag in der Nationalbibliothek in Paris, die andere in der Landesbibliothek Karlsruhe. Das Original, das wahrscheinlich irgendwo in Bayern verfasst wurde, sei nicht mehr erhalten. Wie, wenn es sich hier um das Original handelte? Oder einfach um eine weitere Abschrift aus dem 8. oder 9. Jahrhundert? So oder so wäre es »von unschätzbarem Wert«, schoss es ihm durch den Kopf, und dann fragte er sich auf einmal, ob dieser Wert nicht auch schätzbar war.

Wusste da jemand von diesem Buch und war hinter dem Geld her, das es abzuwerfen versprach? Wie kam es in den Besitz der alten, halbblinden Frau an der Berner Gerechtigkeitsgasse? Wer waren der Bergfreund und der Antiquar, die offenbar schon zweimal danach gefragt hatten? Und wieso interessierte sich der wahre Ernst nicht dafür?

Morgen, sagte er sich, werde ich jemanden von der Handschriftenabteilung fragen, was man von den Abrogans-Exemplaren weiß. Und dann sollte ich so bald wie möglich nochmals nach Bern. Und Jacqueline werde ich alles erzählen.

Er wickelte das Buch wieder in die Papiere ein, in denen er es bekommen hatte, legte es in seine Schublade, machte mit einem Filzstift ein paar Flecken auf die Handschuhe, die fast an seinen Fingern kleben blieben, als er sie auszog, ging dann leise ins Badezimmer und ebenso leise in sein Zimmer zurück und legte sich in sein Bett, ohne dass er einschlafen konnte.

3

»Und, hast du den Flecken weggebracht?« fragte Jacqueline, als sie am nächsten Morgen beim Frühstück saßen.

»Mhm – Ein Filzstift hat getropft. Auf das Etui. Ging aber gut weg, mit meinem Reinigungsfläschchen.«

Krachend biss Ernst in ein Knäckebrot. Seit er beschlossen hatte, ein paar Kilo abzunehmen, aß er am Morgen nur noch Knäckebrot. Jacqueline machte mit, obwohl sie nicht abzunehmen brauchte, und wenn sie nicht miteinander sprachen, war nur das Knirschen der Dinkel-, Sesam- oder Roggenknäckebrote zu hören, die sie mit ihren Kiefern zermahlten.

»Schönen Tag dann, bis am Abend!«

Jacqueline trank ihren Kaffee im Stehen aus und verabschiedete sich.

»Ja, dir auch.«

Ernst blieb noch etwas sitzen; er ärgerte sich, dass ihn die gestrige Ausrede mit dem Tintenfleck soeben wieder zum Flunkern gezwungen hatte. Offenbar war er da in eine Gesetzmäßigkeit geraten, die ihm bisher nicht bewusst gewesen war, nämlich dass jede Lüge zwangsläufig eine nächste Lüge nach sich zieht. Die Zeit war einfach zu knapp, versuchte er sich zu beruhigen, um die Geschichte zu erzählen. Er nahm sich vor, seiner Frau am Abend alles zu berichten.

Am Mittag sah er in der Cafeteria den Kollegen Schlecker von der Handschriftenabteilung. Er setzte sich mit seinem Tablett zu ihm, was diesen etwas erstaunte, da sie nie viel miteinander zu tun gehabt hatten. Schlecker, ein schlaksiger Mann mit einer randlosen Brille und einem etwas traurigen Blick, saß allein vor einem Teller mit zwei Würstchen und Kartoffelsalat und trank dazu einen Weißwein. Während Ernst seine Tagessuppe zu löffeln begann, fragte er ihn so beiläufig wie möglich, ob er etwas über den Abrogans wisse. Schlecker lächelte. Wie er denn darauf komme? Ein Neffe von ihm habe ihn danach gefragt, der wolle eine Maturarbeit über die ältesten deutschen Bücher machen. Das Exemplar, das in St.Gallen aufbewahrt werde, sei ja offenbar eine Abschrift, und es habe ihn interessiert, ob noch nach dem Original gesucht werde. Oh, das könne er nicht sagen, antwortete Schlecker, das mit der Abschrift stimme, jedenfalls nehme man das an, aber seines Wissens, und sein Lächeln ging in ein Lachen über, seien keine Suchtrupps an der Arbeit, um nach dem Original zu fahnden. Wenn sein Neffe wirklich Bescheid wissen wolle, solle er doch den emeritierten Professor Sonderegger fragen, der habe den Abrogans herausgegeben und ausführlich kommentiert, und es kenne sich wohl niemand besser aus als der, er müsse allerdings auch schon um die neunzig sein und lebe irgendwo in der Ostschweiz.

Ihn erstaune es ja immer wieder, fuhr Ernst fort, wie man das Alter von alten Pergamenten bestimmen könne. Ob er selber da Erfahrung habe?

Wenig, antwortete Schlecker, da sie kaum mehr Zugänge von uralten Manuskripten hätten. Aber in erster Linie vergleiche man die Schriftzeichen mit andern bekannten Dokumenten, jede Zeit habe ja ihre kalligraphischen Eigenheiten, dann komme das Vokabular dazu, welche Wörter tauchen auf, seit wann waren sie in Gebrauch? Das setze natürlich Sprachkenntnisse voraus, etwa des Mittellateins oder des Althochdeutschen, und wer sich da auskenne, könne ein Dokument schon überraschend gut zeitlich eingrenzen. Dann gebe es die Karbonbestimmungsmethoden der Chemie und vor allem die Analyse der Pigmente, da gebe es zwei, drei Cracks in Europa, die behaupten, das Alter eines Dokuments bis auf 10 Jahre genau datieren zu können, einer sei letzthin mal dagewesen und habe einen Vortrag gehalten, ein Tscheche, aber sonst solle sein Maturand die Kollegen fragen, welche die frühmittelalterlichen Bestände digitalisieren, die wüssten genauer Bescheid.

Ernst bedankte sich für die Auskunft, im Namen seines Neffen, wie er mit einer leichten Verbeugung hinzufügte, und lud Schlecker zu einem Espresso ein.

Als er wieder an seinem Arbeitsplatz saß, stützte er die Ellbogen auf den Tisch, faltete die Hände vor seiner Nase und schloss die Augen.

Er hatte keinen Neffen, aber er hatte einen erfunden, ohne vorher darüber nachzudenken. Sollte das Buch, das ihm die alte Frau gegeben hatte, eine weitere frühmittelalterliche Abschrift des Abrogans sein, wäre es schon bemerkenswert genug, wäre es aber das Original, käme es für die germanistische Forschung einer Sensation gleich.

Aber wie konnte es den Weg durch die Jahrhunderte in eine Küchenschublade an der Gerechtigkeitsgasse in Bern gefunden haben? Und wer waren die andern, die noch davon wussten?

Er fragte seinen Computer nach der Telefonnummer von Frau Schaefer in Bern, fand sie unter der Adresse, die er kannte, hob den Hörer ab und begann die Nummer zu tippen. Nach der Vorwahl legte er den Hörer wieder auf. Zwar war der zweite Platz in seinem Büro zur Zeit leer, weil die Kollegin im Mutterschaftsurlaub war, aber die Tür zum Korridor stand wie meistens offen. Als er aufstand, um sie zu schließen, kam ihm in den Sinn, dass es vielleicht besser wäre, nicht von seiner Geschäftsnummer aus anzurufen, und er setzte sich wieder.

Als er kurz nach fünf die Tür zur Telefonkabine vor der Zentralbibliothek öffnete und unter jener Klangdusche stand, mit der man beim Betreten der Kabinen berieselt wurde, fiel ihm ein, dass es vielleicht besser wäre, auch nicht von einer Kabine aus anzurufen, die sich in direkter Nähe zu seinem Arbeitsort befand, und er ging durch die Predigergasse zum Neumarkt hinüber.

Nicht nur die Berner Lauben, auch die Gassen der Zürcher Altstadt gefielen ihm, manche kamen ihm wie Stadtwanderwege vor, für Menschen früherer Zeiten angelegt, so eng, dass ein Auto nur zentimetergenau Platz hatte und ein Kreuzen mit Entgegenkommenden schon fast eine persönliche Begegnung war, bei der man sich grüßte, auch wenn man sich gar nicht kannte. Ein Hauch urbanen Handwerks wehte durch die Predigergasse, hier gab es noch Velogeschäfte, Möbelschreiner und Goldschmiede, wie lange, war allerdings bei der epidemischen Renovations- und Mietzinssteigerungswelle ungewiss, an der Ecke vorn drohten schon die ersten Boutiquen.

Beim Verlassen der Predigergasse warf er einen Blick auf das Geburtshaus von Gottfried Keller, das sich in einer Ecke neben einer Whiskyhandlung versteckte. Manchmal schien es ihm unwahrscheinlich, dass es ein Haus wie dieses noch gab, und er fragte sich, wer wohl heute das Zimmer bewohnte, in dem der Säugling Gottfried vor 200 Jahren seine ersten Schreie ausgestoßen hatte. Ob dort Posters von Rock- und Popstars hingen? Von den heutigen, die er nicht mehr kannte?

Die Kabine bei der Haltestelle Neumarkt schien ihm geeigneter für seinen Anruf, obwohl der unablässige Verkehrslärm beträchtlich war. Auch hier wieder der Cluster, mit dem man beim Öffnen der Tür begrüßt oder eher beleidigt wurde, doch auf den kleinen Ärger darüber folgte gleich ein zweiter, größerer, denn Ernst merkte beim Griff in die Brieftasche, dass er keine Taxcard mehr hatte, die gehörte inzwischen einer jungen Frau in Bern.

Oder sollte er von zu Hause aus anrufen? Er wollte ja heute die Geschichte Jacqueline erzählen. Bloß, sollten die andern, wer immer sie waren, sich auf die Suche nach ihm machen, wäre es vorsichtiger, eine öffentliche Sprechstelle zu benutzen.

Er ging unter den Kastanien- und Ahornbäumen durch, die das Obergericht säumten und schützten, am Brunnen vorbei, über dem sich ein steinernes Pferd überlebensgroß aufbäumte, vorüber am Gebäude, in dem der Säugling aus dem Haus am Neumarkt, bärtig und grantig geworden, als Staatsschreiber des Kantons gearbeitet hatte, die Kirchgasse hinunter, ohne bei den Antiquariaten stehen zu bleiben, am Grossmünster vorbei zum Limmatquai hinab, von dort zum Bellevue, dann noch etwas weiter als zum »Vorderen Sternen«, wo es nach Bratwürsten roch, und betrat schließlich den neuen Swisscom-Shop, in dem er sich, nach längerer Wartezeit, eine Taxcard für 20 Franken kaufte. War da früher nicht ein Kleidergeschäft gewesen? Es lohnte sich nicht, darüber nachzudenken, und doch irritierte es ihn, wie rasch man etwas vergessen konnte, was einem jahrelang vertraut gewesen war.

Im Untergeschoss des S-Bahnhofs Stadelhofen stellte er sich vor eine der letzten zwei Telefonsäulen, steckte die Karte in den Schlitz, zog den Zettel mit der Nummer hervor und wählte sie.

»Ja, wer ist da?«

»Ich bin's, Ernst.«

»Oh, bist du gut nach Hause gekommen gestern?«

»Ja, sehr gut.«

»Ich bin so froh, dass du da warst. Gestern kam wieder einer.«

»Und wonach hat er gefragt?«

»Nach dem Buch.«

»Nach welchem?«

»Nach dem, das ich dir gegeben habe.«

»Wie hat er es denn genannt?«

»Das alte Buch.«

»Und woher hatte es Philipp?«

»Es war in seiner Familie.«

»Hast du es einmal angeschaut?«

»Nein, er sagte mir, ich soll es nicht anrühren. Und ich soll's niemandem geben.«

»Und wieso hast du es im Küchentisch aufbewahrt?«

»Das war seine Idee. Dort wird es niemand suchen, hat er gesagt. Und gelacht wie ein kleiner Bub.«

»Jetzt hast du es trotzdem jemandem gegeben. Was soll ich damit machen?«

»Behalt's einfach mal. Aber du gib's niemandem. Und erzähl's niemandem.«

»Mach ich, gut.«

»Und pass auf, dass es die Zwillinge nicht erwischen!«

Die Frau ließ ein krächzendes Lachen hören.

»Keine Angst, dafür sorg ich schon.«

»Geht es ihnen gut?«

»Ja, wir sind zufrieden. Also, gleich fährt mein Zug, ich –«

»Was für ein Zug denn? Verreist du?«

»Nein, nein, ich war nur kurz unterwegs heute – also, ich meld mich wieder, tschüs, Tante!«

»Ade, Ernst.«

Ernst hängte auf, zog seine Telefonkarte aus dem Automaten, ging die Treppe hoch und setzte sich ein paar Minuten später in die nächste S-Bahn nach Winterthur.

Er blätterte in einem »Blick am Abend«, der Gratiszeitung, die gelesen auf dem Tischchen bei seinem Sitz lag, ließ sich von der neuen Freundin von Prinz Harry anlächeln, nahm einen abgestürzten Armeehelikopter und einen geständigen Privatbankier zur Kenntnis, ohne dass es ihn interessierte.

Was war nur mit ihm passiert? Der gestrige Tag hatte ganz normal begonnen, mit einer Sitzung in Bern, und heute, das ließ sich nicht bestreiten, heute war er so tief in eine Geschichte verstrickt, dass er bereits handelte, als gelte es, Spuren zu verwischen. Er hatte einem Kollegen gegenüber einen Neffen erfunden und spielte einer unbekannten Frau gegenüber selbst die Rolle eines Neffen. Wenigstens legte er sich das so zurecht. Die Mutter, von der die alte Frau gesprochen hatte, war wohl am ehesten die Schwester von Philipp Schaefer, eines Mannes, der 1980 verschwunden und 5 Jahre später als tot erklärt wurde. Oder die Schwester von Frau Schaefer. Am besten wäre, er würde den richtigen Neffen ausfindig machen und ihm das Buch übergeben. Aber wie? Oder würde er damit schlafende Hunde wecken? Der richtige Ernst war ja offensichtlich nicht erpicht auf einen Besuch bei seiner Tante, wusste also wahrscheinlich nicht, worum es ging. Erzähl's niemandem, hatte ihn die alte Frau am Telefon gewarnt. Sollte er diese Warnung ernst nehmen und auch seiner Frau nichts erzählen?

Fast hätte er vergessen, in Winterthur auszusteigen.

4

Ernst Stricker saß im Zug nach Bern und blickte zum Fenster hinaus auf die Juraberge, die an ihm vorbeigezogen wurden. Er war, so schien ihm, der einzige Untätige im Wagen, alle anderen starrten in ihre aufgeklappten Laptops, tippten etwas in ihre Smartphones oder telefonierten mit Stöpseln in den Ohren in ihre Freisprechmikrofone, um mit ihren Mitarbeitern Offerten zu besprechen, Angebote zu prüfen und weitere Schritte vorzubereiten, halblaut, aber gerade deswegen hörbar. »Das können wir so nicht stehen lassen«, hörte er einen sagen oder »– ein neues Kundensegment« einen andern. Schon Zeitungen wurden kaum mehr gelesen, geschweige denn Bücher, wahrscheinlich lasen die meisten die Nachrichten über ihre Apps, auf diesen winzigen Bildschirmen, welche die Augen ruinierten. Er hatte mehr und mehr das Gefühl, in einem fahrenden Großraumbüro zu sitzen, und sein Widerwille gegen ein Handy hing damit zusammen. Es genügte ihm, dass er in der Zentralbibliothek einen Pager tragen musste, er wollte der Verführung der ständigen Erreichbarkeit nicht erliegen. Noch nicht, denn erst kürzlich hatte ihm seine Vorgesetzte gesagt, hätte er ein Mobiltelefon, hätte man ihn über die kurzfristig anberaumte Sitzung noch informieren können. Das Bedauern in ihrer Stimme, das war Ernst klar gewesen, war nichts anderes als ein getarnter Imperativ.

Er war heute Morgen etwas früher an seinem Arbeitsplatz erschienen und hatte einen Zettel auf den Schreibtisch gelegt, auf dem stand »Bin im Verlauf des Nachmittags wieder da. E.St.« In den Computer hatte er bei den Mitarbeiterdienstplänen eingetippt »abwesend bis 16h«. Da er auch für die Koordination des Katalogisierungswesens mit anderen Bibliotheken zuständig war, war es nicht ungewöhnlich, dass er zu Sitzungen außerhalb des Büros unterwegs war.

Am Horizont war nun der Weissenstein zu sehen, das Wetter war so klar, dass sogar das Kurhaus neben der Bergstation der Gondelbahn zu erkennen war. Ernsts erste, langjährige Freundin hatte in Solothurn gewohnt, wo er aufgewachsen war, und mit ihr war er oft auf dem Weissenstein gewesen, sie waren auch zusammen gewandert, zur Hasenmatt oder zum Grenchenberg hinüber. Jacqueline war leider das Gegenteil einer Wanderfreundin, sie ging gerne schwimmen, was ihm seinerseits nicht lag, er schwamm im Sommer gern in einem Fluss oder einem See, aber bei den Hallenbädern war ihm schon der Geruch zuwider. Jacqueline hingegen zog oft 10 oder 20 Crawl-Längen im Hallenbad, hängte dann ihren Badeanzug zum Trocknen im Badezimmer auf, wodurch der Raum für mehrere Stunden nach Chlor roch. Aber das Schwimmen hielt sie fit und schlank, und Ernst bewunderte sie dafür.

Er hatte sich gestern entschlossen, sie noch nicht einzuweihen, sondern stattdessen heute nochmals nach Bern zu fahren, um sich Klarheit darüber zu verschaffen, was es mit dem Buch für eine Bewandtnis hatte.

Als er aus dem Zug stieg, setzte er sich den schwarzen Hut auf, der ihm ein eigenartiges Gefühl von Unternehmungslust gab, und machte sich auf den Weg zur Gerechtigkeitsgasse.

Dort erwartete ihn eine Überraschung. Die Tür zur Straße war verschlossen. Neben der Tür war zwar eine Metalltafel mit allen Klingelknöpfen und den zugehörigen Namen, die er das letzte Mal übersehen hatte, aber einen Lautsprecher für eine Gegensprechanlage gab es offenbar nicht. Ob es in den Wohnungen elektrische Türöffner gab? Wenn nicht, würde die Frau wirklich drei Stockwerke hinuntertappen, um jemandem zu öffnen, von dem sie gar nicht wusste, wer es war? Wie verschaffte sich der Briefträger Zugang zu den Briefkästen?

Sein Blick fiel auf ein kleines Metalltürchen etwas unterhalb der Tafel mit den Namen. Es bedurfte eines Vierkantschlüssels, um es zu öffnen. Ernst zog sein Taschenmesser hervor, klappte den kleinen Schraubenzieher auf, klemmte diesen zwischen den Vierkantstab und den Rand und konnte dem Stab eine Vierteldrehung abgewinnen. Das Türchen sprang auf, er drückte den Knopf, der dahinter verborgen war, es summte, und er stieß die Haustür mit dem Fuß auf. Dann stieg er die Treppen hoch.

Er klingelte an der Wohnungstür, und als er die Frau durch den Gang schlurfen hörte, rief er »Ich bin's!«

Frau Schaefer drehte den Schlüssel, öffnete vorsichtig die Tür und stieß einen leisen Schrei aus.

»Tante«, sagte Ernst, »was ist?«

Die alte Frau griff sich an die Stirne und schüttelte den Kopf.

»Einen Moment habe ich geglaubt, Philipp stünde vor der Tür.«

Ernst zog den Hut ab. »Wegen des Huts? Du hast ihn mir geschenkt. Ich bin's, Ernst.«

»Schon gut, komm herein.«

Sie verschloss die Tür.

»Du hast mir nicht gesagt, dass du kommst.«

»Ich hatte grad in der Nähe zu tun, da dachte ich, ich komme kurz vorbei.«

»Und was willst du? Ist es wegen des –«

»Nein, gar nicht, ich dachte, ich helfe dir ein bisschen aufräumen.«

»Das ist doch nicht nötig, Ernst, ich komme gut zurecht.«

»Lass mich einfach mal das viele Geschirr abwaschen, dann gibt's ein bisschen Platz.«

»Aber Ernst –«

»Doch, doch, nur eine Viertelstunde, das hilft schon.«

Er zog sich seine Jacke aus, hängte sie über die Mäntel des Kleiderständers und legte den schwarzen Hut darauf.

Dann betrat er die Küche, band sich eine Schürze um, die über einen Stuhl geworfen war, und machte sich daran, das Schmutzgebirge abzutragen. Die Pfannen, welche umgekehrt auf dem Abtropfbrett standen, stellte er zuerst auf den Boden und begann, die verkrusteten Teller, die sich auf einer Schüssel in der Spüle türmten, mit einem Waschmittel zu beträufeln, das er hinter dem Wasserhahn hervorholte, und mit einem Putzschwamm abzuschrubben. Das Mittel war für Handwäsche bestimmt, aber er sah kein anderes, fettlösend war es wohl allemal, und Fragen zum Haushalt wollte er keine stellen.

Seine Fragen waren anderer Art.

Die Frau hatte sich auf den Küchenhocker gesetzt, auf dem immer noch »Die Alpen« lagen, und wiederholte nochmals, wie das doch gar nicht nötig sei, aber dass es sehr lieb sei von Ernst, ihr ein bisschen zur Hand zu gehen, es falle ihr jeden Tag etwas schwerer, den Haushalt in Schwung zu halten.

Ernst lächelte. Von Schwung konnte tatsächlich keine Rede sein, und während er einen Teller mit eingetrockneten Nudelresten zum dritten Mal unter das heiße Wasser hielt, fragte er Frau Schaefer, der er den Rücken zudrehte, ob sie ihm nochmals genau sagen könne, wie Philipp seinerzeit verschwunden sei, er selbst sei ja noch ein Bub gewesen damals, und seine Eltern hätten mit ihnen kaum darüber gesprochen.

Die Frau seufzte. In die Berge sei er gegangen, auf eine Skitour am letzten Wochenende im Mai, und sei am Sonntagabend nicht zurückgekehrt.

Und was denn das Ziel der Tour gewesen sei? Ernst scheuerte an einem Teller mit Tomatensaucespuren.

Das sei es ja, er habe nie gesagt, wohin er wolle, gerade wenn er allein gegangen sei, und irgendeinmal habe sie es aufgegeben, ihn zu fragen.

Ernst nickte, das konnte er sich gut vorstellen.

»Hatte er denn ein Lieblingsgebiet?«

»Das Berner Oberland. Er fuhr gern aufs Jungfraujoch.«

Am nächsten Teller klebten hartnäckige Polentareste.

»Und hat man nach ihm gesucht?«

Ja, man sei mit Helikoptern über das ganze Jungfraugebiet geflogen, aber am Sonntag habe es eben einen Wetterwechsel mit Schneefall gegeben, alle Skispuren seien verwischt gewesen, und man habe ja auch gar nicht sicher gewusst, ob man überhaupt in der richtigen Gegend suche. Man habe bei allen Berghütten im Berner Oberland nachgefragt, ob er sich irgendwo eingetragen habe, aber sein Name sei nirgendwo gefunden worden.

»Und war niemand mit ihm?«

Kaum, es sei ja sonst niemand vermisst worden, und wenn einer das Unglück beobachtet hätte, hätte er es bestimmt gemeldet. Als es nach einem Monat kein Lebenszeichen von ihm gegeben habe, habe sie sich entschlossen, ihn als verschollen zu erklären und eine Trauerfeier für ihn abzuhalten.

»Hat euch eure Mutter nicht mitgenommen damals?«

Ernst kämpfte mit dem Essiggeruch, der aus einer Salatschüssel mit Schimmel an den Rändern aufstieg, und hustete etwas.

»Eehm … da kann ich mich nicht erinnern.«

Sie wisse es auch nicht mehr. Es seien so viele Menschen gekommen, die Leute vom Bundesamt für Kultur seien dagewesen, auch seine Bergfreunde, die alle nicht verstanden, wieso er nicht gesagt hatte, wohin er wollte, der Unfall habe viel zu reden gegeben seinerzeit, auch in der Presse, und aus seiner deutschen Verwandtschaft seien auch welche da gewesen, die sie noch gar nie gesehen habe…

Die deutsche Verwandtschaft?

Er sei ja eingebürgerter Deutscher gewesen, habe nach dem Krieg ein Jus-Studium abgeschlossen, habe dann auf der deutschen Botschaft in Bern gearbeitet, habe dort manchmal mit den Fragen des Kunsthandels der Nationalsozialisten zu tun gehabt und dadurch auch mit dem Bundesamt für Kultur, und sei nach seiner – sie lachte kurz – Einschweizerung in dieses Amt gekommen, nicht zuletzt wegen der Sekretärin.

»Das waren – ich meine, das warst du?«

Erraten, ja, ihr habe er gefallen, ein schöner Mann, ein eigensinniger Mann, und sie habe ihm offenbar auch gefallen…

»Eine schöne Frau, eine eigensinnige Frau?«, warf Ernst ein, der vergeblich einen Plastikbehälter von seinen Spinatkrusten zu befreien versuchte.

Sie lachte. »Vermutlich«, sagte sie.

Ob er wegen ihr Schweizer geworden sei?

Nicht nur, er habe sich auch geschämt für Deutschland, sei als ganz junger Mann noch im Krieg gewesen, über den er aber nie habe sprechen wollen. Was ihm bloß nicht bewusst gewesen sei, war, dass er den Deutschen damit nicht los wurde, ein Satz im Dialekt genügte, und er war entlarvt.

Und das alte Buch?

Das habe er ihr erst kurz vor seinem Tod gezeigt, oder eben nicht gezeigt, das Päckchen bloß, und habe ihr nur gesagt, dass es ein sehr altes Buch sei, und eben: nicht aufmachen, nicht anrühren, niemandem geben!

Und die, die danach fragen?

Der eine sei ein alter Kollege vom Alpenclub, der Sepp, wenigstens behaupte er das, aber sie habe ja seine Bergkumpanen nicht wirklich gekannt, sie habe auch Philipps Begeisterung für die Berge nicht verstanden, ihr seien sie immer unheimlich gewesen, aber sie habe das Gefühl gehabt, das sei etwas vom Wichtigsten für ihn, etwas, das er ganz für sich haben wolle, deshalb habe sie sich auch nie für die anderen Bergsüchtigen interessiert, für sie seien das eher Stammtischmenschen gewesen, die statt über Frauen über Berge sprachen, aber sie habe nie wissen wollen, warum der Südgrat heikler sei als der Nordgrat, und wo die Abseilstelle am Weisshorn sei und dergleichen.

Der andere, den dieser Sepp bei sich gehabt habe, sei ein Deutscher gewesen, habe sich als Antiquar vorgestellt, der auf der Suche nach seltenen Büchern sei und aus sicherer Quelle gehört habe, dass Philipp im Besitz eines solchen Buches gewesen sei. Wie seine Verbindung zu Sepp sei, sei ihr nicht klar und sei ihr auch egal.

Aber dass er ihr einfach so helfen komme, sei sehr lieb von ihm, und sie fühle sich schon viel besser, seit sie wisse, dass das alte Buch bei ihm sei.

Nachdem Ernst alles Geschirr gewaschen hatte, verteilte er es nach den Anweisungen seiner Tante in die verschiedenen Regale des Küchenschranks, stellte die Teetassen vom Tisch auf die Spüle und die Olivenölflasche in den Schubkasten unter dem Herd, wischte den Tisch sauber ab, schrieb mit ihr zusammen eine Liste der Dinge, die man einkaufen sollte, ließ sich von ihr versichern, dass sie das noch selber konnte, befreite den Hocker von den »Alpen«, die er einfach in seinen Rucksack steckte, und fragte dann, ob er noch rasch auf die Toilette könne. Dort sah es ähnlich aus wie in der Küche. Die Badewanne war bis zum Rand mit Schachteln gefüllt, und als er sich die Hände wusch, sah er im geöffneten Spiegelschrank einen alten Philishave-Rasierapparat, das Kabel war eingesteckt, und das Stand-by-Lämpchen leuchtete rot.

Schaudernd verließ er das Bad und verabschiedete sich von der alten Frau. »Du hast mir gar nichts von den Zwillingen erzählt,« sagte sie unter der Tür.

»Das nächste Mal«, rief Ernst, schon vom ersten Treppenabsatz aus.

Als er aus der Haustür auf die Straße trat, traf er auf den Hauswart. Dieser zeigte auf das offene Kästchen und fragte ihn: »Sind Sie das gewesen?«

»Ja«, sagte Ernst, und fügte dann hinzu: »Meine Tante hat mir den Trick verraten.«

Dann setzte er sich den schwarzen Hut auf und beeilte sich, zum Bahnhof zu kommen.

5

Jacqueline saß im Zug von St.Gallen nach Winterthur und las in »Leidenschaft«, einem Buch von Irène Némirovsky. Das gehörte zu ihren Ritualen, dass sie auf der Heimreise nach der Arbeit ein Buch las, um sich zu entspannen, und es musste immer ein Buch sein, das sie stark genug interessierte, um sich gegen die Ablenkungen durch die andern Passagiere behaupten zu können. An dieser Autorin faszinierte sie ihr Schicksal und das Schicksal ihres Werks, das 60 Jahre nach ihrer Ermordung in Auschwitz wieder zu Tage gefördert und neu herausgegeben worden war. »Leidenschaft« war erst im Nachlass entdeckt worden, den ihre Töchter, noch als halbe Kinder, während der Besetzung Frankreichs durch die Wehrmacht hatten retten können. Sie entgingen dank der Vorkehrungen ihrer Mutter der Deportation, ihre Mutter nicht. Sie wurde nur 39 Jahre alt.

Als Jacqueline zur Stelle kam, wo der Ich-Erzähler, ein Mann, erfuhr, dass sich zwei junge Frauen, Brigitte Declos und Colette Dorin, angefreundet hatten, ließ sie das Buch sinken und nahm ihre Lesebrille ab, weil ihr klar wurde, dass es ihr vollkommen egal war, wer sich da mit wem angefreundet hatte. Sie dachte an Ernst. Etwas schien ihn zu beschäftigen, etwas, von dem er ihr nichts erzählte. Schon als er zu spät von Bern nach Hause gekommen war, hatte sie sich einen Moment gefragt, ob die Sitzung wirklich länger gedauert hatte, die Bibliothekare waren eigentlich ein exaktes Volk und versuchten, Überstunden zu vermeiden.

Und am Tag danach war er eine halbe Stunde später eingetroffen als üblich, musste, wie er sagte, beim Kauf einer neuen Taxcard zu lange warten, und gestern war er zwar zur normalen Zeit zu Hause, er roch aber fast wie nach einem Waschmittel. Als sie ihn darauf angesprochen hatte (»Du riechst so pH-neutral ...«), hatte er geantwortet, er sei in der Bahn auf der Toilette gewesen und habe sich die Hände gewaschen, und das müsse ein penetrantes Seifenpulver gewesen sein, das sei ihm auch aufgefallen.

All dies mochte stimmen, aber angenommen, er hätte eine Freundin, wären das lauter typische Ausreden. War es möglich, dass er sie betrog? Jacqueline atmete tief ein und blies die Luft durch den Mund aus. So hatte es mit ihrem letzten Partner angefangen, mit Sitzungen, die auf einmal länger dauerten. Wieso konnten Männer nicht ehrlich sein?

Lange Zeit hatte sie geglaubt, sie werde nicht heiraten. Sie wollte unabhängig bleiben, hatte Germanistik und Anglistik studiert, eine Weile unterrichtet, zuerst an der Kantonsschule Winterthur, dann zwei Jahre lang an der Schweizer Schule in Bangkok, war zurück nach Winterthur gegangen und hatte dort in Teilzeit die Bibliothek der Kantonsschule betreut, hatte gemerkt, dass ihr das Spaß machte, und hatte dann die Ausbildungsgänge absolviert, die sie zur diplomierten Bibliothekarin brauchte. Und nach dem Bruch mit ihrem letzten Partner war sie einmal in einem IT-Modul über Katalogisierung und Beschlagwortung in Chur neben Ernst zu sitzen gekommen, dessen feste Bindung ebenfalls gescheitert war. Sie wohnten im selben Hotel, und nach einem gemeinsamen Nachtessen und einem Nightcap in ihrem Zimmer fielen sie mit einer Leidenschaft übereinander her, die sie beide überrumpelte; nach kurzer Zeit beschlossen sie, die immer als Singles gewohnt hatten, zusammenzuziehen, und wenig später heirateten sie und zogen in eine neu erbaute Siedlung in Winterthur, in der Nähe des Eschenbergs, wo sie sich ein Reihenhaus kaufen konnten. Die Wohnstraßen, an welche die Häuser gebaut waren, erlaubten die Pflege von nachbarlichen Beziehungen, förderten sie geradezu, so dass es auffiel, wenn man daran nicht teilnahm.

Kinder stellten sich keine mehr ein, und Jacqueline war nicht unglücklich darüber, so musste sie sich nicht mit der leidigen Vereinbarkeit von Beruf und Familie abquälen, wie sie das bei Frauen in der Nachbarschaft sah, die am einen Morgen ihre quengelnden Kinder ins Auto packten und in eine Kita brachten oder am andern Morgen mit vier kleinen Kindern zum Gemeinschaftssandhaufen unterwegs waren, damit sie am übernächsten Morgen ihre Kinder der andern Teilzeit-Mutter zum Hüten bringen konnten, welche sich dann ihrerseits einen Tag lang mit einem Kinderquartett abmühen musste. Und eigentlich hatten die Frauen alle eine Berufsausbildung, nur nicht für den Beruf als Mutter.

Und was war das mit den Küchenhandschuhen gewesen?

Das hatte ja nun mit einer Freundin gar nichts zu tun, kam ihr aber auch rätselhaft vor. Hatte er nicht von einem tropfenden Filzstift gesprochen? Gab es das überhaupt? Sollte sie ihn einmal nach dem Etui fragen, um zu sehen, wie er den Flecken weggebracht hatte? Oder war das schon inquisitorisch?

Sie waren damals, als sie sich zur Heirat entschlossen hatten, übereingekommen, dass die Basis ihrer Beziehung nur Offenheit sein konnte, denn auch Ernsts langjährige Freundin war ohne sein Wissen eine zweite Liaison eingegangen, ein Umstand, der sie beide verband. Sie könnten ja, hatte Ernst gewitzelt, eine »IG gebrannte Kinder« gründen.

Diese IG hatte bisher gut funktioniert, die Leidenschaft war nach und nach einer Freude gewichen, zu zweit durchs Leben zu gehen, ohne aneinander zu kleben, aber die Liebe machte immer noch Spaß, sie trafen sich entweder in seinem oder in ihrem Zimmer zu einem »feurigen Abend«, wie sie es nannten.

Sie ließen einander ihre Vorlieben, Ernst war ein Berggänger, ging gelegentlich auf Touren, sie sang in einem Chor mit, seit sie gemerkt hatte, wie gut ihr das tat, ihre Stimme für mehr zu gebrauchen als zum Sprechen. Ernst war ein Eigenbrötler, er war aus Interesse an den Büchern Bibliothekar geworden, und nicht einfach, weil er auf keinen Fall Lehrer oder Journalist werden wollte. Die Bibliotheken seien das Gedächtnis der Menschheit, sagte er manchmal, und daran arbeite er mit. Jacquelines Anspruch war etwas anders. Sie hoffe, sagte sie ihrerseits, dass eine Bibliothek den Menschen Anregung, Vergnügen, Unterhaltung und

Wissen bringe, und sie versuchte dazu beizutragen, dass die Bibliothek in der alten Hauptpost in St.Gallen ein einladender, publikumsnaher und überraschungsreicher Ort war, ein Treffpunkt, den man auch aufsuchen konnte, um in der Cafeteria einen Latte macchiato zu trinken oder etwas zu essen, in einer der zahlreichen Zeitungen zu blättern oder in einem stillen Turmzimmer ein Buch zu lesen. Ernst war kein gesprächiger Mensch, konnte aber sehr charmant sein, wenn er aus seiner Reserve herauskam. Sie zeigte sich gern an seiner Seite, sei es beim Neujahrsempfang der Zentralbibliothek, bei einem Konzert oder bei einer Geburtstagsfeier im Freundeskreis.

Aber nun fragte sie sich auf einmal, wie gut sie ihn eigentlich kannte. Sie nahm sich vor, ihn zur Rede zu stellen, zum ersten Mal, seit sie ein Paar waren.

In Winterthur stieg sie aus und lenkte ihre Schritte nicht zum Bus, sondern zum Swisscom-Shop in der Nähe des Bahnhofs. Sie zog eine Nummer, die 942, suchte während des Wartens mit den Augen schon alle ausgestellten iPhones ab und ärgerte sich, wie lange die 941 stehen blieb, ein älterer Mann, der irgendetwas nicht verstehen wollte und auf einem Ersatzgerät für dieses Irgendetwas beharrte. Schließlich konnte sie die 940 beerben und fragte den jungen Verkäufer, ob sie auch noch Handys hätten, ohne Apps und alles? Der Verkäufer sagte, mit einem leicht mitleidigen Blick, selbstverständlich, holte aus einer Schublade ein Nokia heraus und zeigte es ihr mit den Worten »Sie meinen, so eins?«

Jacqueline ließ sich dann eine 079er-Nummer und eine Prepaidkarte geben, bezahlte den erstaunlich geringen Preis, ging zum Restaurant im ehemaligen Bahnhofwartesaal, bestellte einen Latte macchiato, den sie in aller Ruhe trank, und erst dann ging sie zur Bushaltestelle.

Als sie die Haustür öffnete, schlug ihr ein wunderbarer Duft von gedünstetem Gemüse entgegen, und in der Wohnküche stand Ernst, mit einer Schürze, auf der Meeresfische abgebildet waren, hob den Kochlöffel zum Gruß und sagte: »On vous attend, madame – pour l'apéro!« Auf dem Küchentisch warteten Tellerchen mit schwarzen Oliven, mit Fetawürfeln und Pomodori secchi und vor einem Becher mit Grissinistängeln zwei schmale Kelchgläser, in die Ernst nun aus einer zierlichen Flasche Prosecco einschenkte.

Jacqueline war baff. Sie hängte ihre Jacke an die Garderobe, stellte ihre Handtasche ab und sagte: »Sorry, ich hab mich etwas verspätet.«

»Macht gar nichts, Liebes, ist mir auch schon passiert. – Prost!«

Sie hob ihr Glas und stieß mit ihm an. »Prost – welche Überraschung!«

Er habe sich schon Sorgen gemacht, sagte Ernst, während sie die Aperostücklein mit kleinen Gabeln aufspießten, und es tue ihm leid, dass er sie diese Woche zweimal habe warten lassen, dafür könne sie sich jetzt verwöhnen lassen.

Sie sei, sagte Jacqueline, deshalb zu spät, weil sie für ihn etwas gekauft habe, bückte sich zu ihrer Handtasche und legte dann das Handy auf den Tisch.

Jetzt war Ernst baff. Er runzelte die Stirn, aber bevor er etwas sagen konnte, sagte Jacqueline, es diene genau dazu, dass sich der andere keine Sorgen zu machen brauche, wenn man es zur gewohnten Zeit nicht schaffe. Man müsse nicht einmal anrufen und im Zug laut sagen, Schatz, ich komme später, damit auch alle Nachbarn darüber orientiert seien, ein kleiner Satz genüge, als SMS, short message system, und man könne es auch jederzeit ausschalten, wenn man nicht erreichbar sein wolle, sie finde einfach, das wäre gut für sie beide, damit man nicht auf dumme Gedanken komme, wenn der andere einmal ausbleibe, sie habe ja schon längst eines, und sie könne es ihm nach dem Essen erklären, es sei wirklich ganz leicht.

Ernst schaute das Gerät an, als läge eine verfaulte Aubergine neben den Oliven, und Jacqueline fuhr fort, sie habe ihm extra ein altes Handy gekauft, ohne Internetzugriff und diese hundert Funktionen zum Wegwischen, eines, das wirklich und allein der Kommunikation diene, in Notfällen.

»SOS per SMS?« fragte Ernst, und dann küsste er sie und sagte: »Das ist lieb von dir, du hast mich überzeugt. Danke.«

Jacqueline war erleichtert. Sie hob erneut das Glas: »Na dann, Prost nochmals!«

»Auf unsere Verbindung«, sagte Ernst und stieß mit ihr an.

Dann servierte er ihr ein Gemüserisotto mit Peperoni, Broccoli, Zucchetti und Champignons, rieb ihr Parmesan direkt auf den Teller, dazu gab es einen Chicorée-Salat mit Rucola und eine Flasche Primitivo di Salento.

Ernst war ein begabter Koch, der sich gerne auch Zeit nahm zum Zubereiten einer Mahlzeit, während Jacqueline Kochen eher als Notwendigkeit behandelte, die es mit möglichst geringem Aufwand zu erledigen galt. Gerne kochte sie mit Ernst zusammen, an einem Sonntag etwa, obwohl es oft zu kleinen Reibereien kam, weil ihre Methoden nicht immer übereinstimmten. Wenn sie Wasser für Kartoffeln oder Teigwaren aufsetzte, leerte sie das Salz immer gleich mit hinein, während Ernst wartete, bis das Wasser sprudelte, und erst dann das Salz zugab, weil es sich so besser verteile. Es war schon vorgekommen, dass das Wasser zweimal gesalzen war, weil sie es aufgesetzt und dann die Küche aus irgendeinem Grund verlassen hatte und Ernst nicht wusste, dass schon Salz drin war. »Siehst du«, hatte ihm Jacqueline danach gesagt, als sie die Kartoffeln wegwerfen mussten, »das Salz verteilt sich auch so.«

Das Risotto war köstlich, und Jacqueline rühmte ihn dafür.

Ernst war gut gelaunt.

»Auf was für dumme Gedanken kommt man denn, wenn sich der andere verspätet?« fragte er, als er Rotwein nachschenkte.

»Dass er vielleicht mit einer knackigen jungen Bibliothekarin nach der Sitzung einen Kaffee trinken geht.«

Ernst stellte die Flasche auf den Tisch und lachte. »Da musst du dir wirklich keine Sorgen machen. Ich kenne keine knackigere als dich.«

Aus saurem Halbrahm und ein paar Apfelschnitzen hatte Ernst ein kleines Dessert improvisiert, und nachher zeigte ihm Jacqueline, wie das Handy funktionierte, schrieb ihm auch den PIN-Code auf einen kleinen Zettel, den er in sein Portemonnaie stecken konnte, und kündigte ihm dann eine Test-SMS an, die sie ihm vom Badezimmer aus senden wolle.

Ernst blieb mit seinem Handy in der Hand am Tisch sitzen, starrte auf das Display-Fensterchen, bis sich dieses mit einem Klingelzeichen erhellte und er nach dem Öffnen des »Eingang«-Zeichens die Nachricht las: »Wie wär's mit einem feurigen Abend bei mir?«

Ernst lächelte, wählte »Antwort«, tippte in das leere Feld, das nun erschien: »ok« und drückte auf »Senden«.

6

Ernst saß vor seinem Computer in der Zentralbibliothek. Neben der Tastatur erhob sich ein Turm von kunsthistorischen Büchern, seinem Fachgebiet, die es zu beschlagworten galt. Er stammte noch von gestern, und in den zehn Minuten, seit denen er vor seinem Schreibtisch saß, war er nicht kleiner geworden. Seit vor Kurzem das bisherige System der Signaturen geändert worden war und sie alle in 7-tägigen Kursen auf das neue umgeschult worden waren, war der ganze Prozess der Erfassung von Neuzugängen in einen Rückstand geraten, der immer noch nicht aufgeholt war.

Heute Morgen war er um 5 Uhr erwacht, hatte sich aus Jacquelines Zimmer geschlichen und wollte, als er nicht weiterschlafen konnte, den kleinen Stapel der »Alpen« zuoberst in seinem Zeitungshalter mit dem letzten »Landboten« bedecken, damit sie Jacqueline nicht gleich ins Auge stachen, sollte sie sein Zimmer betreten. Als Nichtmitglied des Schweizerischen Alpenclubs, kurz SAC, hatte er die Zeitschrift nicht abonniert. Er selbst war zwar ein Berggänger, aber er war nie in den Alpenclub eingetreten, weil er den damit verbundenen Geselligkeits- und Kameradschaftsanspruch fürchtete. Schon ein Lied wie »Bergvagabunden sind wir«, das er in seiner Jugend in Clubhütten hatte singen hören, hätte er nie über die Lippen gebracht. Über einen Vers wie »Mit Seil und Haken, den Tod im Nacken, hängen wir in der steilen Wand« konnte er nur lachen, vor allem weil die Betonung auf der ersten Silbe lag und der Reimzwang auf Haken zu der Zeile führte »*den* Tod im *Naken*«. Seine Freunde, mit denen er gelegentlich auf Touren ging, versicherten ihm zwar, da sitze er einem veralteten Bild des Alpenclubs auf, konnten ihn aber trotzdem nicht für einen Beitritt gewinnen.

Ernst hatte, bevor er den »Landboten« darüber legte, die Ausgabe mit dem Weisshorn in die Hand genommen, weil dieses zu seinen Traumbergen gehörte, die er irgendwann einmal noch zu besteigen hoffte, hatte darin eine Beschreibung des Südgrat-Aufstiegs mit der Übernachtung im Schalijochbiwak gelesen, in der der Autor beschrieb, wie sie 300 Meter unter dem Gipfel wegen eines Blitzschlags wieder umkehren mussten, und war beim Weiterblättern auf ein merkwürdiges Inserat gestoßen.

»Ich suche einen früheren Bergfreund meines Vaters namens Philipp Schaefer. Die beiden haben sich zum letzten Mal 1944 gesehen. Sollte er dies lesen oder sollte jemand, der dies liest, ihn kennen oder gekannt haben, bitte ich um Nachricht an:

triedel@t-online.de

Dieses Inserat erscheint in den Zeitschriften der Alpenvereine Deutschlands, Österreichs und der Schweiz.

Besten Dank, Torsten Riedel.«

Kein Zweifel, da wurde der Mann gesucht, dessen schwarzen Hut er besaß und dessen »Abrogans«-Exemplar sich in seiner Schreibtischschublade befand. Ernst hatte sich überlegt, eine E-Mail an Riedel zu schreiben, war aber wieder davon abgekommen. Schließlich hatte er Schaefer nicht gekannt, er kannte nur seine Witwe, und die fürchtete sich offenbar vor Nachforschungen wie derjenigen Riedels. Dazu kam, dass der Kontakt ja inzwischen da war, wahrscheinlich über den SAC-Kumpanen Sepp, der sich bei Riedel gemeldet haben musste. Riedel wohnte wohl, aus seiner Mail-Adresse zu schließen, in Deutschland, würde also versuchen, in Bern möglichst rasch zu seinem Ziel zu kommen. Wenn er hinter dem Buch her war, glaubte er einen Anspruch darauf zu haben? Ihn danach zu fragen, hielt er nicht für ratsam, seine eigene E-Mail-Adresse bestand unvorsichtigerweise, wie er sich jetzt eingestehen musste, aus seinem vollen Namen. Jacqueline hatte ihm immer davon abgeraten, und sie hatte wieder einmal Recht. Er solle sich nicht so leicht auffindbar machen, hatte sie ihm gesagt, das Internet sei doch ein Tummelfeld für Gaunereien aller Art, und mit seinem richtigen Namen stünde er da wie an einem virtuellen Nudistenstrand. Im schweizerischen Telefonverzeichnis, das er am Bildschirm kurz aufgerufen hatte, gab es noch 11 weitere Ernste seines Namens; wer ihn suchte, ihn, den Bibliothekar, wie er sich im

Verzeichnis nannte, musste also ziemlich bald einmal auch auf ihn stoßen.

Und was, wenn sich der richtige Ernst bei seiner Tante meldete?

Es waren lauter Fragen, auf die er keine Antwort wusste. Wie gerne hätte er Jacqueline um Rat gefragt, sie dachte praktischer als er, aber auch gestern Abend war der Versuch misslungen, ihr die Geschichte zu erzählen. Mit dem Essen hatte er sie versöhnlich stimmen wollen, und der Satz mit den dummen Gedanken wäre ein idealer Einstieg gewesen, wäre nicht die Sache mit dem geschenkten Handy dazwischen gekommen, die dann den höchst erfreulichen Ausgang in Jacquelines Zimmer nahm.

Vorläufig war er auf sich selbst angewiesen.

Eine andere Möglichkeit wäre die, sagte er sich, sich ab sofort völlig rauszuhalten, jeglichen Kontakt zur alten Frau Schaefer abzubrechen, auch den Kontakt zu ihren Plagegeistern nicht zu suchen, den »Abrogans« zu behalten und ihn der Zentralbibliothek zu übergeben. Schließlich wusste sie weder, wer er war, noch wo er wohnte, und sie wusste nicht einmal, um welches Buch es sich handelte.

Bloß, wie sollte er erklären, auf welche Weise er dazu gekommen war? Wie sollte er es der Bibliothek erklären, und, fast noch wichtiger, wie sollte er es Jacqueline erklären? Oder sollte er die Kostbarkeit der Bibliothek anonym zukommen lassen? Über einen Rechtsanwalt, der seinerseits den Spender nicht bekannt geben musste? Es gab ja immer wieder anonyme Legate, da müsste er seinen Schulfreund Thomas fragen, der eine Kanzlei hatte, wie so etwas durchführbar wäre. Wenn das Werk echt war – auch eine Echtheitsprüfung müsste organisiert werden, wie? – dann durfte man es der Forschung nicht vorenthalten. So oder so, es wäre ohne Mitwisser nicht zu machen.

Was war eigentlich so schlimm daran, zuzugeben, wie er zu dem Buch gekommen war? Vor allem, dass er es Jacqueline erzählen musste.

Ein Ausdruck kam ihm in den Sinn, »sich den Kopf zerbrechen«. Das war es, was im Moment auf ihn zutraf, und es war ihm, als schmerze es ihn unter der Schädeldecke.

Dann trug er in den Mitarbeiterdienstplan ein »Abwesend bis 16h«, nahm aus der Schublade den Zettel von vorgestern, »Bin im Verlauf des Nachmittags wieder da. E.St.«, verließ leise sein Büro, nickte der Kollegin Heiniger von der Anglistik zu, die ihm im Gang entgegenkam, und ging zum Hauptbahnhof.

Als Ernst vor dem Haus an der Gerechtigkeitsgasse eintraf, stand eine Ambulanz auf der Straße, und zwei Sanitäter schoben eine Bahre hinein, auf der ein Mensch lag, der bis oben zugedeckt war.

Kein dritter Mann, der mit einem Infusionsbeutel nebenher ging. Ernst machte ein paar Schritte zur offenen Türe. Der Hauswart stand davor. Ernst blickte ihn fragend an. »Sie ist die Treppe hinunter gefallen,« sagte er.

»Und?«

»Sie ist tot. Tut mir leid.« Ernst blieb stehen, schaute vor sich hin und wusste nicht, was tun.

»Falls Sie hinauf wollen, es ist zu, die Polizei hat die Wohnung versiegelt.«

»Aha, wann ist es denn passiert?«

»Heute morgen. Sie sind doch der Neffe, oder?«

»Ja«, sagte eine Stimme hinter ihm.

Ernst drehte sich um und sah einen etwas untersetzten Mann mit leicht geröteten Wangen, der eine Manchestermütze trug und eine Tasche über die Schulter gehängt hatte.

»Woher wissen Sie das?« fragte dieser misstrauisch.

»Ich meinte ihn«, sagte der Hauswart, indem er auf Ernst deutete.

»Falsch«, schnauzte ihn der Mann an, »ist denn noch jemand von der Polizei oben?«

»Nein«, sagte der Hauswart, »die sind vor fünf Minuten weg. Aber wenn Sie ein Angehöriger sind, sollen Sie diese Nummer anrufen.« Er zog ein Kärtchen mit dem Signet der Stadtpolizei hervor, blickte kurz vom einen zum andern und fragte: »Wem geb ich das jetzt?«

Das »Ihm« von Ernst und das »Mir« vom andern Mann kamen fast gleichzeitig, und der Mann griff nach dem Kärtchen, blickte kurz darauf und steckte es dann ein.

»Vielleicht sollten wir zusammen einen Kaffee trinken«, schlug Ernst dem richtigen Neffen vor, entschlossen, die Geschichte klarzustellen.

»Zehn Minuten«, sagte der andere, »ich hab nicht lang Zeit, das kommt mir alles sehr ungelegen.«

Sie ließen den Hauswart zurück, der leicht verdutzt den beiden Neffen nachschaute, und setzten sich auf der anderen Straßenseite an einen Tisch im Freien.

»Ihr Name ist –« fragte Ernst.

»Ernst Lehmann«, sagte der andere kurz, »und Sie?«

»Fischer«, hörte sich Ernst sagen, »Fred Fischer.«

Er bestellte bei der Kellnerin einen Cappuccino, Lehmann einen Café crème.

»Woher kannten Sie meine Tante?« fragte Lehmann.

»Sie hat mich angerufen, aber offensichtlich hatte sie sich verwählt und hielt mich für Sie. Sie bat mich um Hilfe. Sie klang sehr besorgt, und da ich in der Nähe war, ging ich hin.«

»Wollte sie Ihnen etwas geben?«

»Ursprünglich wohl ja. Als sie aber sah, dass ich nicht ihr Neffe war, kam sie wieder davon ab. Sie war etwas verwirrt.«

»Sie war gaga«, sagte Lehmann bloß.

»Sie tat mir leid. Sie war überfordert. Und einsam. Es war ein Wunder, dass sie es noch allein schaffte da oben, fast erblindet. Ich half ihr dann ein bisschen das Geschirr abwaschen und ging wieder.«

»Und das war's? Und was war das mit dem Hauswart, Sie seien der Neffe?«

»Als ich ein zweites Mal kurz vorbeiging, wollte er mich nicht reinlassen, da hab ich den Neffen hervorgeholt. Ich räumte nochmals etwas auf, damit der Küchentisch wieder benutzbar wurde.«

Lehmanns Argwohn war nicht verflogen.

»Und jetzt wollten Sie weiter aufräumen?«

»Ein bisschen, ja. Haben Sie das Badezimmer gesehen?«

»Sind Sie von der Caritas?«

»Gar nicht, ich arbeite beim Bund.«

»Dann haben Sie ja Zeit.«

Ernst überhörte den Spott. »Wie gesagt, sie tat mir leid. Und Sie, gingen Sie sie denn besuchen?«

Lehmann schüttelte den Kopf.

»Sie ging mir auf den Wecker, mit ihrem Gstürm. Wir hatten sie schon lang in einem Heim angemeldet, aber sie wollte einfach nicht.«

Beide tranken den Kaffee, den ihnen die Kellnerin hingestellt hatte.

»Haben Sie denn ihren Mann noch gekannt?« fragte Ernst.

»Meinen Onkel? Ein schräger Typ.«

»Er soll in den Bergen verschollen sein, hat sie mir gesagt.«

»Kann sein. Man geht ja auch nicht allein auf eine Hochtour. Ich dachte immer, er sei gar nicht in die Berge, sondern sei abgehauen, weil er meine Tante nicht mehr ertrug.«

Lehmann lachte trocken und rief: »Zahlen!«

»Zusammen?« fragte ihn die Kellnerin.

»Nein, getrennt.«

»Darf ich Sie nicht –«

Doch Lehmann hatte das Geld schon hingelegt, stand auf und sagte, er müsse jetzt zur Polizei, aber die Bundesbeamten dürften ruhig noch sitzen bleiben.

»Wie geht es den Zwillingen?« fragte Ernst, als sie sich zum Abschied kurz die Hand gaben.

»Das sag ich Ihnen ein andermal«, sagte Lehmann und eilte durch die Lauben davon.

Ernst blieb noch einen Moment sitzen und schaute auf die andere Straßenseite hinüber. Hatte er den Mann, der jetzt auf den Hauswart einsprach, auch schon gesehen?

Dann stand er auf, ging einige Schritte zur Bushaltestelle hinunter und wunderte sich, dass er jetzt auch noch Fred Fischer hieß.

7

An einem Vormittag im März des Jahres 772, als die Sonne wieder für einige Stunden ins enge Tal der Donau bei Regensburg schien, klopfte es an die Tür der Lehrstube des Klosters Weltenburg, und der Mönch Raginald streckte seinen Kopf hinein. Gotfrid, der Praezeptor, der mit seinen 10 Schülern den Psalm 121 durchnahm, und sie gerade aufgefordert hatte, »auxilium meum« auf Deutsch zu übersetzen, ließ sein Lineal sinken und fragte, was es gebe.

»Haimo muss zum Abt«, sagte Raginald leise.

Alle drehten ihren Kopf zu Haimo, der in der Bank beim Fenster saß. Zum Abt musste man nicht alle Tage, und gewöhnlich bedeutete es nichts Gutes. Wenn man gegen irgendeine Regel verstoßen hatte, konnte das zu strengen Strafen führen, von Essensentzug bis zu Schlägen. Haimo legte die Kreide auf seine Schreibtafel, stand ruhig auf und ging zur Tür, gefolgt von den Blicken seiner Mitschüler, in denen sich Neugier und Sorge mischten.

Als sich die Tür hinter ihm schloss, nahm der Praezeptor den Faden wieder auf: »Levavi oculos meos in montes unde veniet auxilium meum. Ich habe gefragt, was ›auxilium meum‹ heißt.« Die Köpfe beugten sich über die Tische, und man hörte das Kratzen auf den Schiefertafeln.

Haimo, ein großer, schlanker neunzehnjähriger Novize mit krausem dunklem Haar und blauen Augen, ging hinter dem leicht gebeugten, grauhaarigen Raginald her, welcher dem Abt bei seinen Verrichtungen zur Hand gehen musste. Er freute sich, als er beim Gang über den Klosterhof von einem Sonnenstrahl gestreift wurde. Ein gutes Zeichen, sagte er sich, denn ein bisschen bang war es ihm schon vor dem Besuch beim Klostervorsteher.

Sigido war seit letztem Jahr der Abt des Klosters, er war jünger als Raginald und hatte bei seinem Amtsantritt einen Aufruf an die Bevölkerung der Diözese Regensburg ergehen lassen, kluge und fromme Jünglinge ins Kloster Weltenburg zu schicken, wo man für ihre Ausbildung zu Dienern Gottes sorgen werde. Haimos Vater war ein geachteter Kürschner und brachte seinem älteren Sohn schon bald das Handwerk bei, während er Haimo, den jüngeren, in die Stiftsschule schickte, wo man ihn nach Kurzem als begabten Lateinschüler und geschickten Schreiber rühmte. Von dort wurde dem Vater dann auch der Aufruf überbracht, worauf er seinen Sohn, ohne zu zögern und ohne ihn nach seiner Meinung zu fragen, donauaufwärts zu den Benediktinern nach Weltenburg sandte.

Durch einen kurzen Kreuzgang waren Raginald und der Novize vor der Pforte des Abtes angelangt. Ein bronzener Ring mit einem Löwenkopf war über der schweren Klinke angebracht. Raginald zog ihn etwas in die Höhe und ließ ihn dann gegen die Tür fallen. Von drinnen hörte man den Abt rufen, sie sollen eintreten. Raginald drückte den Griff und stieß die Tür auf, die in ihren Angeln knarrte, zog dann Haimo an der Hand nach vorn, gab ihm einen Schubs in den Rücken und ließ ihn mit dem Abt allein.

Sigido saß auf einem geschnitzten Stuhl mit hoher Rückenlehne vor einem breiten Tisch, auf dem ein Tintenfass mit einer Feder stand, daneben lagen einige Pergamentrollen und zwei, drei gebundene Bücher. Er hatte ein schmales Gesicht, sehr kurz geschnittene Haare, die an den Schläfen leicht angegraut waren, und trug eine schwarze Tunika. An der Wand hinter ihm hing ein gekreuzigter Jesus. Eine Kerze erhellte den düsteren Raum.

»Ora et labora –« sagte er zum Gruß, indem er die Stimme bei »labora« wie zu einer Frage anhob.

»– et lege«, antwortete Haimo und verneigte sich.

Der Abt nickte und zog dann ein kleines Pergament hervor, auf dem ein Frauenkopf abgebildet war. »Kennst du das?«

Haimo errötete. Dann sagte er: »Es ist Maria.«

»Die Mutter Gottes?«

»Nein, die Tochter des Ledergerbers.«

»Wer hat das gemalt?«

»Ich.«

Sigido hob die Augenbrauen. Für einen Moment trat ein Hauch von Anerkennung in seinen Blick. Dann fuhr er jedoch ungerührt fort:

»Wir haben das heute unter deiner Matratze gefunden. Du hast die Regel gelernt bei deinem Eintritt. ›Der Abt durchsuche häufig die Betten, ob sich dort nicht Eigenbesitz finde. Wenn sich bei einem etwas findet, das er nicht vom Abt bekommen hat‹ –« Wieder hob er seine Stimme wie zu einer Frage an.

»– treffe ihn strengste Strafe«, flüsterte Haimo und blickte zu Boden.

»Du kannst also wählen zwischen Ausschluss vom Essen und Rutenschlägen.«

Haimo schwieg. Er dachte an den Mönch Chlodwig, der sein Essen immer drei Stunden später erhielt als die andern und mit dem man nicht sprechen durfte. Bei ihm hatte man einen Fingerring gefunden.

»Na?« sagte der Abt.

Die Rutenschläge wurden einem von Raginald verabreicht, bei Sünden gegen die Keuschheit auf den nackten Hintern, bei anderen Vergehen auf die offenen Handflächen. Ein Frauenbildnis verstieß wohl gegen die Keuschheit, aber da er es selbst gezeichnet hatte, musste er vielleicht nur die Hände herhalten. Im schlimmsten Fall könnte er allerdings für beides gebüßt werden.

»Sprich!« Sigido wurde ungeduldig.

Haimo schaute den Abt an und sagte: »Ich möchte schreiben.«

Der Abt war einen Augenblick sprachlos.

»Was sagst du da?«

»Ich möchte schreiben«, sagte Haimo nochmals, und fügte hinzu: »Das kann ich, schreiben und zeichnen, und ich kann auch jeden Tag eine Stunde länger schreiben. Zur Strafe.«

Sigido schwieg. Er dachte an seine zwei Skriptoren, die er von seinem Vorgänger übernommen hatte. Beide waren schon älter und hatten zunehmend Mühe mit dem Augenlicht. Ihre Schrift wurde zittriger, und die Fehler in ihren Abschriften häuften sich. Wenn die Hand des jungen Mannes ein solches Bildnis zustande brachte, dann konnte er bestimmt auch gut schreiben, daran zweifelte er nicht.

»Du bist im ersten Jahr deines Noviziats und willst in unsern Orden aufgenommen werden.«

»Mein Vater will es«, warf Haimo ein, der merkte, dass man mit dem Abt reden konnte.

»Gott will es«, wies ihn der Abt zurecht, »und als Erstes musst du hier die Demut lernen. Und die Demut verbietet Eigenbesitz. Alles, was du brauchst, hast du von mir bekommen, Kukulle, Tunika, Socken, Schuhe, Gürtel, Messer, Griffel, Nadel, Tuch, Schreibtafel, eine Bettstatt, wo du dein Haupt hinlegen kannst. Alles, was dein Leib braucht, bekommst du von mir, dein tägliches Brot ist dir gewiss. Damit du dir merkst, dass du darüber hinaus nichts brauchst, bestrafe ich dich mit dem Ausschluss vom Essen, und weil du neu und jung und vernünftig bist, soll eine Woche genügen.«

Haimo atmete auf. Keine Schläge.

Dann erhob sich Sigido. »Und jetzt komm mit mir.«

Haimo warf einen letzten Blick auf Maria, die auf dem Tisch des Abtes liegen blieb, dann folgte er dem Klostervorsteher.

Der Abt ging mit zügigem Schritt durch den Kreuzgang und dann über den Hof auf das Klostertor zu, und gleich daneben befand sich das Skriptorium. Er öffnete die Tür, ohne zu klopfen, und sie betraten einen Raum, in dem es angenehm hell war. Die Sonnenstrahlen fielen auf zwei schräg geneigte Schreibpulte, vor denen auf hohen Stühlen zwei Mönche saßen. Beide hatten aufgeschlagene Bücher vor sich, auf deren Seiten sie mit Gänsekielen ihre Texte schrieben. Auf einem hohen Tischchen neben dem Pult lag das Buch, das sie abschreiben mussten, sowie ein Tintenfass und ein Messer. Die Füße hatten sie auf Schemeln aufgestützt.

Als der Abt mit Haimo eintrat, legten beide Schreiber ihre Federn nieder, erhoben sich mit einiger Mühe und stellten sich neben ihre Pulte, wodurch sie auf einmal kleiner erschienen. Haimo war einen ganzen Kopf größer und überragte auch den Abt.

»Salve abba«, murmelten die beiden.

»Salvete fratres«, entgegnete der Abt.

»Das sind unsere Skriptoren Gernot und Maurus«, sagte der Abt zu Haimo, und dann, zu den Schreibern gewandt, »das ist Haimo, der ab heute das dritte Pult übernehmen wird.«

»Salvete fratres«, sagte Haimo und sah erst jetzt, dass noch ein leeres Pult im Raum stand, ebenso ausgestattet wie die andern.

Die beiden Schreiber waren sichtlich überrascht.

»Ihr werdet ihm zeigen, wie ihr Gänsekiel und Tinte handhabt und wie ihr mit Bimsstein radiert, ohne die Pergamente zu beschädigen.«

Gernot und Maurus nickten.

»Was wird er abschreiben?« fragte Maurus.

»Ein Wörterbuch. Ich stelle es selbst zusammen und werde es ihm nach und nach auf Schiefertafeln vorlegen. Wir müssen das Lateinische in unsere deutsche Sprache bringen, damit alle das Wort des Herrn verstehen, auch diejenigen, die der alten Sprache nicht mächtig sind. Ich arbeite schon lange daran.«

Gernot runzelte die Stirn. »Und das willst du diesem –« er wies mit dem Kinn auf den Novizen.

»Haimo«, sagte dieser und fügte gleich hinzu: »Ich freue mich, von euch zu lernen. Das Schreiben habe ich in der Stiftsschule gelernt. Den Bimsstein habe ich fast nie gebraucht.«

Gernot und Maurus schauten sich betreten an. Sie brauchten ihn mehrmals täglich, je länger, je mehr.

»Ich hole jetzt«, sagte der Abt, »die Schiefertafel mit den ersten Wörtern. Ihr werdet Haimo in der Zwischenzeit etwas schreiben lassen – habt ihr noch ein Probepergament?«

Maurus nickte, und als der Abt den Raum verlassen hatte, ging er zu einer Truhe neben der Tür, bückte sich, nahm einen Gänsekiel und ein Messer heraus und hieß es Haimo auf sein Pult legen. Dann gab er ihm ein Tintenfässchen in die Hand und begann, aus einer Kanne vorsichtig schwarze Tinte hineinzugießen.

Da seine Hände etwas zitterten, fielen einige Tropfen auf Haimos Hände.

»Soll ich es machen?« fragte Haimo.

»Nein, es geht schon«, antwortete Maurus, und als das Fässchen voll war, waren Haimos Hände mit schwarzer Tinte besprenkelt.

Haimo wischte das Tintenfass mit einem Lappen sauber, den ihm Maurus in die Hand gab, dann bekam er von diesem noch einen Bimsstein. Maurus zeigte auf ein Becken mit Wasser, das auf einem Gestell stand. »Für die Hände. Mit Bimsstein gehen die Flecken weg.«

Haimo tauchte die Hände ins Wasser, rieb dann die Flecken mit dem Stein, aber ganz gingen sie nicht weg.

Gernot und Maurus standen neben ihm und schauten ihm zu.

»Was ist?« fragte Haimo und versuchte, seinen Ärger zu unterdrücken.

Die beiden kicherten.

»Das ist deine Taufe als Skriptor«, sagte Gernot.

Haimo trocknete sich die Hände.

»Habt ihr auch rote Tinte?«

Die beiden schauten einander an.

»Da müssen wir immer den Abt fragen«, sagte Gernot.

»Warum?« Haimo wunderte sich.

»Der Sand dazu kommt aus Montecassino, und unsere Brüder in Wessobrunn machen die Farbe daraus«, antwortete Gernot, und Maurus fügte hinzu: »Sie mischen zerquetschte Läuse hinein.«

»Wer weiß, wo sie die her haben«, sagte Gernot, und beide brachen in ein heiseres Gelächter aus.

Dann sagte Gernot, er zeige ihm jetzt, wie man den Gänsekiel spitze.

Das wisse er schon, sagte Haimo, er habe in der Stiftsschule das Schreiben gelernt, und ob sie ihm nun ein Pergament geben könnten.

Maurus ging zur Truhe, bückte sich mühsam nach einem Blatt, nahm es heraus und schloss den Truhendeckel.

»Da probieren wir die Gänsekiele aus, wenn wir sie frisch gespitzt haben«, sagte er und übergab es Haimo.

Dieser setzte sich an sein Pult, schaute sich den Gänsekiel an, der ziemlich klein war, und sagte: »Da gibt's nicht mehr viel zu spitzen. Habt ihr keine längeren?«

Die zwei schauten sich wieder an, und Gernot sagte: »Für Neue müssen wir immer den Abt fragen«, und Maurus fügte hinzu: »Er verlangt Demut im Umgang mit den Werkzeugen.«

Haimo spitzte die Feder etwas zu, so gut es noch ging, und legte dann das Pergament auf das Pult. Es waren einige Buchstaben darauf, in einer Schrift, die ihm etwas ungelenk vorkam, beim a waren die Striche manchmal zu dünn oder die Bäuche zu dick, aus einem O war einmal etwas Tinte nach unten gelaufen, dass es fast wie ein p aussah.

»Das sind Federproben«, sagte Gernot, als er Haimos kritischen Blick sah, »jetzt kannst du auch eine machen.«

Haimo tunkte die Feder ins Fässchen und begann, in zierlichen Buchstaben mit gleichmäßigem Druck auf den Abstrichen ein Wort zu schreiben.

Als der Abt eintrat, auf einen Schemel stieg und ihm über die Schulter schaute, las er »mar«. »Soll das ein Name werden?« fragte er.

Haimo erschrak. »Nein«, sagte er, »ein Monat«, und er fügte noch ein kleines, schön geschwungenes »s« an.

Der Abt blickte zu den zwei Skriptoren. »Fratres, was sagt ihr?«

Gernot blickte zum Abt. »Der kann's«, und Maurus nickte.

»Dann holt mir ein Pergament für das kleine Buch.«

Erneut bückte sich Maurus zur Truhe, öffnete sie, zog ein großes Pergament heraus und überreichte es dem Abt.

Sigido übergab es Haimo mit den Worten: »Das ist das erste Pergament. Daraus wird dein Wörterbuch. Die Seiten sind schon vorgezeichnet. Sie werden zuletzt geschnitten und gebunden. Du fängst auf der Haarseite an, drehst dann das Pergament um und schreibst auf der Fleischseite des beschriebenen Blattes weiter. Dann wendest du es wieder und fährst auf der Haarseite weiter. Hast du verstanden?«

Haimo blickte auf die durch leichte Einschnitte vorgegebenen Seiten. Die Enttäuschung war ihm anzusehen, dass seine Arbeit nur einem kleinen Buch gelten sollte. Die anderen, die auf den beiden Pulten lagen, waren viel größer.

Der Abt hatte es wohl bemerkt und sagte: »Was Gernot und Maurus abschreiben, sind Messbücher. Die bleiben nachher in den Kirchen. Aber ein Wörterbuch muss man mitnehmen können, es muss zu den Leuten. Und hier habe ich dir eine Schiefertafel mit dem ersten Wort mitgebracht. Auf der Vorderseite ist das lateinische Wort, auf der Rückseite das deutsche. Es beginnt mit dem wichtigsten Wort der Benediktinerregel, Demut. Lies es mir vor.«

Haimo las halblaut: »dheomodi«.

»Zuerst aber schreibst du immer das lateinische Wort. Also, was heißt Demut auf Lateinisch?«

Er drehte die Tafel um, und Haimo las: »Abrogans.«

8

Es waren nicht viele Menschen, die sich in der Nydeggkirche einfanden, um sich von Adele Schaefer zu verabschieden.

Ernst Stricker war mit dem Bus vom Bahnhof bis zum Ende der Gerechtigkeitsgasse gefahren, war dann eine Treppe hinunter auf den Vorplatz gegangen und hatte sich, da er zu früh war, beim bronzenen Denkmal des Stadtgründers eine Zigarette angezündet. Er hatte seit seiner Studentenzeit nicht mehr geraucht und hatte sich heute am Bahnhofkiosk eine Schachtel »Camel« gekauft mit einem Zündholzbriefchen dazu. Er war etwas nervös; schon wieder hatte er seinen Zettel auf den Bürotisch gelegt, diesmal ohne sich im Arbeitsplansystem abzumelden. Langsam fielen seine Abwesenheiten auf, der Kollege Kronberger hatte schon eine Bemerkung gemacht, als er ihn wegen eines Beschlagwortungsproblems hatte fragen wollen und stattdessen nur seinen Zettel vorgefunden hatte. Dies sollte, so hatte er sich vorgenommen, der letzte Tag sein, den er auf die Frage verschwendete, woher das Päckchen kam. Er versuchte dazustehen wie ein Tourist, betrachtete die Statue und wunderte sich über den kleinen Bären, der hinter den Beinen Berchtolds des Fünften stand, diesem den Rücken zukehrte und den Helm seines Herrn in den Pfoten trug.

Als er die Zigarette fertig geraucht hatte, blickte er sich vergeblich nach einem Abfallkorb um, warf den Stummel in den Kies und trat ihn aus. Soeben war ein Grüppchen dunkel gekleideter Leute langsam auf den Kircheneingang zu gegangen, und Ernst schloss sich mit einem geringen Abstand an.

Beim Eintreten nickte ihm der Hauswart zu, der in einer Haltung neben der Tür stand, als bewache er das Haus an der Gerechtigkeitsgasse. Dann nahm Ernst seinen schwarzen Hut ab und setzte sich in die Mitte der hintersten Reihe.

Vorne im Altarraum stand die Urne, flankiert von zwei freudlosen Kränzen, das Trauergrüppchen verteilte sich über die zweite und dritte Bankreihe, einige blieben einen Moment stehen, andere ließen sich sogleich auf die Bänke nieder.

Wenig später ging der Hauswart nach vorn und nahm hinter den Angehörigen Platz. An der Orgel, deren silberne Pfeifen sich neben dem Chor bis zur Decke erhoben, saß bereits ein bärtiger Organist, und als er jetzt zu spielen begann, setzte sich noch ein Mann an den Rand der hintersten Reihe. Ernst streifte ihn mit einem flüchtigen Blick, und er kam ihm bekannt vor.

Er hasste Abdankungen, zum Tod gab es für ihn nichts Angemessenes zu sagen, das war einfach die letzte Ohrfeige, die das Leben für einen bereithielt, und dann war Schluss.

Es kam nun das Übliche, Gebet der Pfarrerin, Orgelstück,

Betrachtung über die Vergänglichkeit und Geborgenheit in Gott, Orgelstück, leicht einschläfernd, erst beim Lebenslauf horchte er wieder auf, nicht zuletzt deshalb war er gekommen. 1930 geboren, zwei Schwestern, aufgewachsen in Sumiswald, kaufmännische Lehre in Konolfingen, Welschlandjahr für Französischkenntnisse, hervorragende Stenographin, gewann Wettbewerbe, dann als Stenographin bei der Bundesversammlung, später Sekretärin beim Bundesamt für Kultur, Heirat mit Philipp Schaefer, kinderlos, Verlust des Mannes in den Bergen, schwerer Schatten, nach der Pensionierung Kampf mit beginnender Erblindung. Dann wieder Orgelstück auf der Kriechspur, Vaterunser, Einladung der Familie ins Restaurant Ratskeller an der Gerechtigkeitsgasse, Ausgangsstück Orgel, etwas munterer nun, Erleichterungsmusik sozusagen, und Auszug des Trauergrüppchens ohne erkennbare Trauer auf den Gesichtern, darunter der richtige Neffe, gefolgt von zwei halbwüchsigen Zwillingen, denen es in ihren Anzügen offensichtlich nicht wohl war. Ernst war nicht sicher, ob der andere Ernst ihn erkannte, da er eine alte Frau am Arm führte, der er sich zuwandte.

Auch sein Banknachbar in der letzten Reihe wartete, bis die Angehörigen den Raum verlassen hatten, und erhob sich dann gleichzeitig mit Ernst, um zum Ausgang zu gehen.

»Bergkollege?« fragte Ernst, als er zu ihm aufschloss.

Der andere nickte. »Lange her. Leider.«

»Und was ist ihm genau passiert?«

Sie blieben im Vorraum der Kirche stehen.

»Wenn wir das wüssten. Er kam von einer Tour nicht mehr zurück.«

»Wohin denn?«

»Hat er niemandem gesagt. Hatte die Skis dabei. Ich vermute, ins Jungfraugebiet. Vielleicht den Aletschgletscher hinunter Richtung Konkordiahütte oder von der Mönchsjochhütte über das Ewigschneefeld. War allein, kam in einen Wetterumschlag mit Schneefall, der auch alle Skispuren verwischte. Und Sie?«

»Habe die Frau ein bisschen gekannt. Fischer, SAC Zürich.«

»Ich bin der Sepp.« Der andere hielt ihm die Hand hin.

Ernst schüttelte sie. »Fred. Hast du die Suchanzeige auch gesehen in den ›Alpen‹?«

»Ja, ich hab mich gemeldet bei Riedel.«

»Und was wollte er?«

»Sein Vater und Philipp waren zusammen im Krieg, Philipp war ja Deutscher, und Riedels Vater wurde verwundet in einem Lazarett zurückgelassen und muss Philipp ein wertvolles Buch anvertraut haben. Der hat ihm versprochen, es wieder zurückzugeben. Dann haben sie sich aus den Augen verloren.«

»Kommt etwas spät, die Suche. Und erst noch durch den Sohn.«

»Er soll nie über den Krieg gesprochen haben, sagte mir Torsten, erst als er am Sterben war.«

»War er hier?«

»Torsten? Ja. Wir sind zusammen zu Philipps Frau gegangen. Hat aber steif und fest behauptet, sie wisse von nichts. Haben zweimal in ihrer Bibliothek gesucht. Warst du mal bei ihr?«

Ernst nickte.

»Dann weißt du ja, wie's dort aussieht. Such mal eine Stecknadel im Heuhaufen. Gefunden haben wir nichts.«

Ernst trat einen Schritt zur Seite, um den Organisten vorbeizulassen. »Und weiß er denn, was es für ein Buch ist?«

»Soll eines der ältesten deutschen Bücher sein, Mittelalter, handgeschrieben. Ziemlich kostbar halt.«

»Sonderbar.« Ernst schüttelte den Kopf. »Na dann. Ich muss noch auf die Toilette. Tschau Sepp, vielleicht sieht man sich einmal auf einem Berggipfel.«

»Aber nicht allein gehen, gell? Tschau Fred.«

Als Sepp hinausging, erwarteten ihn zwei Männer, die ihm ihren Ausweis zeigten; ein paar Schritte daneben stand der Hauswart.

»Kriminalpolizei. Dürfen wir Ihnen ein paar Fragen stellen?«

Sepp war überrascht. »Worum geht's denn?«

»Um den Tod von Frau Schaefer. Können Sie sich ausweisen?«

Ernst hatte die beiden gesehen, als der Organist zur Tür hinausgegangen war, und sie hatten ihm nicht gefallen.

Er suchte die Toilette und fand sie in einem Nebenraum des Eingangs. Er öffnete die »HERREN«-Tür, schloss sich ein und dachte einen Moment nach. Der Raum war fensterlos. Dann machte er wieder auf und ging zur »DAMEN«-Tür hinein. Diese Toilette hatte zwar ein Fenster, aber es war vergittert.

Er verließ den Raum, versuchte so unauffällig wie möglich eine der zwei Türen daneben zu öffnen und fand sich in einem kleinen Abstellraum mit Lautsprecherboxen und Notenständern, in dem es zwei Fenster gab. Die Simse waren mit allerhand Kram belegt. Vom einen räumte er zwei große Kerzen weg und stellte sie auf ein Tischchen, dabei fiel ihm ein Fernbedienungsgerät in eine Kiste mit Kinderspielzeug, dann trug er eine ausgediente Kaffeemaschine auf eine der Boxen hinüber, stellte einen Stuhl unter das Fenster, öffnete es, kniete sich auf den Sims, der jetzt frei war, bückte sich, kroch durch die Öffnung hinaus und stand auf einem flachen Vordach, das vom Platz vor der Kirche aus nicht zu sehen war. Von oben war die Sicht durch eine Eibe geschützt, die aus einem darunter liegenden Garten direkt neben dem Vordach hinauf wuchs. Er zog das Fenster hinter sich zu, so gut es ging, und warf einen prüfenden Blick in den Garten, doch ein Sprung hinunter schien ihm der großen Höhe wegen nicht ratsam. Mit einem weiten Schritt gelangte er auf einen starken Ast der Eibe, kletterte vorsichtig, gegen Äste und Zweige kämpfend, auf dem Baum nach oben, bis er ein Bein über die Balustrade schwingen konnte, welche die Straße seitlich abschloss.

Zu einem älteren Paar, das sich erstaunt umdrehte, sagte er fröhlich »Wette gewonnen!« und hielt dazu den Daumen der rechten Hand hoch, bevor er mit zügigem Schritt über die Brücke dem andern Aareufer zustrebte.

»I told you in Switzerland everybody climbs«, sagte der Mann zu seiner Frau.

»Even up a tree?« sagte diese kopfschüttelnd.

Ernst klopfte sich die Kleider ab, wischte sich die Hände an seinem Taschentuch, ging dann den Muristalden hoch zwischen den Touristen am Bärengraben vorbei zum Helvetiaplatz hinüber, setzte sich dort ins Tram zum Hauptbahnhof, und am frühen Nachmittag saß er wieder vor dem Computer an seinem Arbeitsplatz und fuhr mit der Katalogisierung der Bücher fort, die auf seinem Tisch lagen.

Als er beim Abendessen die Würste aus der Gerstensuppe angelte, die Jacqueline zubereitet hatte, fragte sie ihn, ob er sich verletzt habe.

»Wieso das«, fragte Ernst zurück.

Jacqueline zeigte auf seinen linken Mittelfinger, an dessen Innenseite ein feiner roter Faden zu sehen war.

»Oh, tatsächlich«, sagte Ernst, »ist mir gar nicht aufgefallen.«

Er legte das Paar Siedwürste auf seinen Teller und fragte dann:

»Möchtest du es wirklich wissen?«

Jacqueline holte sich ihre Würste aus der Schüssel. »Ja, sicher.«

Ernst blickte auf seine kleine Wunde und atmete tief ein.

»Also, die Sache ist die, dass ich heute Vormittag in Bern einen Baum hochklettern musste, hinter der Nydeggkirche, zur Gerechtigkeitsgasse hinauf.«

Jacqueline legte die Gabel und den Suppenlöffel auf den Tisch. »Musstest?«

Ernst nickte.

»In Bern?«

»Ja, nach einer Abdankung. Ich habe die Kirche durch das Fenster eines Abstellraumes verlassen, was nicht ganz einfach war.«

Jacqueline lehnte sich auf ihrem Stuhl zurück, lächelte und sagte: »Du warst wohl auf der Flucht vor der Polizei?«

Ernst beugte sich etwas vor. »Woher weißt du das?«

Jacqueline schüttelte den Kopf und begann dann zu lachen. »Ich kenne dich doch, du alter Witzbold.« Sie stach ihre Wurst mit der Gabel an, dass etwas Wasser herausspritzte, säbelte sich das erste Rädchen ab und sagte dann: »Gut, dass du nicht geschossen hast. Guten Appetit, Mister Hemingway.«

Ernst schnitt seine Wurst an. »Gleichfalls, Miss Gellhorn«, und fügte dann hinzu, indem er seine Verletzung musterte: »Eine Buchecke schneidet manchmal besser als ein Messer.«

9

»in liip euuikan; amen.«

Sorgfältig hatte Haimo Buchstaben um Buchstaben gesetzt und das Credo mit dem Glauben an das ewige Leben abgeschlossen. Nach dem »n« von »amen« streute er etwas Sand auf das Pergament, legte den Gänsekiel auf den Tuchlappen auf seinem Pult, hob die Füße von seinem Schemel und ließ sie eine Weile baumeln. Dann sprang er mit einem Satz vom Stuhl, schrie so laut »Gloria!«, dass Maurus mit seiner Feder einen Strich über die halbe Seite machte und Gernot das Tintenfass umstieß, in das er gerade seine Feder tunkte. Bevor sie etwas sagen konnten, hatte er jeden von ihnen auf beide Wangen geküsst. »Fertig!« rief er, »ich bin fertig, fratres!« und sauste wie ein Wirbelwind aus dem Skriptorium.

Die zwei Schreiber waren so verblüfft, dass sie einen Moment sprachlos blieben. Dann machte sich Gernot seufzend daran, die ausgelaufene Tinte mit einem Lappen aufzuwischen, und Maurus setzte seinen Bimsstein am Ende des Striches an. »Die Jugend«, sagte er und schüttelte den Kopf.

»Was sagst du?« fragte Gernot.

Maurus hob seine Stimme. »Ich habe nur gesagt, die Jugend!«

»Ach ja, die Jugend …« murmelte Gernot und schaute mit einem Blick zum Fenster hinaus, in dem mehr Sehnsucht als Ärger lag.

Draußen tanzte Haimo über den Hof. Es regnete, aber er hatte keine Eile, ins Trockene zu kommen, sondern öffnete seine Handflächen, um die Tropfen zu empfangen, klatschte dann über dem Kopf in die Hände, drehte sich um sich selber, klatschte abermals, ging in die Knie, sprang in die Höhe und rief immer wieder »Gloria!«

Raginald trat aus der Tür des Abtes, ging erschrocken wieder hinein und sagte zu Sigido, der ihn fragend anblickte: »Ich glaube, in Haimo ist der Dämon gefahren.«

Der Abt stand auf, ging zur Tür und prallte fast mit Haimo zusammen, der ihn sogleich umarmen wollte.

Raginald packte den Novizen und hielt ihn davon ab: »Was fällt dir ein? Apage –«

»Frater abba«, rief Haimo, »frater abba, Abrogans finitus! Gloria!«, und er stieß einen Jauchzer aus, der durch den ganzen Kreuzgang hallte.

Der Abt legte Haimo die Hände auf die Schultern. »Beruhige dich, Haimo, wir freuen uns mit dir. Tritt ein, dann reden wir zusammen.«

Haimo schüttelte seine nasse Kutte und ging hinter dem Abt her in dessen Zimmer.

Hinter ihm kam Raginald, bereit, den Aufgeregten wieder in die Schranken zu weisen, aber der Abt bedeutete ihm mit einem Kopfzeichen, ihn mit dem Novizen allein zu lassen.

»Setz dich«, sagte er und wies auf einen Stuhl ohne Rücken- und Seitenlehnen. »Ist das Pergament im Skriptorium?«

»Ja, das Credo trocknet noch.«

Die zwei letzten Texte, die ihm der Abt zum Abschreiben gegeben hatte, waren das Vaterunser und das Credo.

»Wenn die Tinte getrocknet ist, kannst du mir alle Pergamente bringen. Raginald wird sie zurechtschneiden und binden, sobald uns Adalbrecht das neue Leder bringt, das er uns versprochen hat. Bist du froh?«

»Sehr froh, frater abba, sehr froh.«

»Hast du Gott gedankt, dass du diese Arbeit vollenden durftest?«

Haimo senkte den Kopf. »Noch nicht.«

»Du bleibst heute nach dem Abendgebet noch eine halbe Stunde in der Kapelle für ein Deo gratias.«

Haimo nickte.

»Es sind nun bald zwei Jahre her, seit du als Novize zu uns gekommen bist. In drei Wochen wirst du in der Sonntagsmesse in unsern Orden aufgenommen. Deine künftigen confratres freuen sich darauf. Bist du bereit dazu?«

Haimo atmete tief ein und nickte dann heftig.

»Wir werden deine Familie, von der du dich verabschieden wirst, um deinem Erlöser zu folgen, zur Heiligen Messe einladen.«

Haimo nickte und presste seine Lippen zusammen.

Der Abt erhob sich, Haimo erhob sich ebenfalls.

»Oder wolltest du noch etwas sagen?«

Haimo schüttelte den Kopf.

Der Abt trat ganz nahe zu ihm, sprach dann mit gedämpfter Stimme: »Ich danke dir von Herzen für das große Werk, das du getan hast.« Dann umfasste er ihn mit den Armen, drückte ihn fest an sich und presste ihm einen Kuss auf seine Lippen.

Haimo erschrak, löste sich aus Sigidos Umarmung, öffnete die Tür und entfernte sich rasch durch den Kreuzgang.

Als er auf den Hof trat, hatte es aufgehört zu regnen, und hinter den Wolken kündigte sich die Sonne an.

Die Dankesbezeugung hatte ihn verwirrt. Nie war er von jemandem auf die Lippen geküsst worden, schon gar nicht von einem Mann.

Und gerne hätte er dem Abt auf dessen Frage etwas gesagt, aber die Worte waren ihm im Hals stecken geblieben.

Fast zwei Jahre lang hatte er nun zwischen den täglichen Gebetsstunden an diesem Wörterbuch geschrieben, und die Arbeit hatte ihm Freude gemacht und ihn mit Stolz erfüllt. Schon bald hatte er den Abt um rote Farbe gebeten, die er auch bekam, mit der Auflage, sparsam damit umzugehen, und er begann nun, die o's mit roten Tupfen zu füllen, so dass sie wie Rubine in den Text gestreut waren. Das gefiel ihm so gut, dass er auch manchem p diesen Schmuck angedeihen liess, oder den d's, dann überhaupt allen, die eine Rundung hatten, welche man mit einer Füllung beschenken konnte, wie das f oder das c, bis ihn der Abt ermahnte, nicht zu übertreiben, wonach er anfing, bei gewissen Anfangsbuchstaben die senkrechten Striche mit einem zweiten roten Strich zu verstärken. Ein Wort wie »himil« verdiene das, sagte er einmal, als ihn Sigido deswegen zur Rede stellte, damit werde der Himmel in ein festliches Gewand eingekleidet. Dagegen ließ sich nun nichts einwenden, und der Abt, dem der Eifer und das Können seines jungen Schreibers gefielen, ließ ihn gewähren und brachte ihm seine Wörter auf den Schiefertafeln zum Abschreiben oder ließ sie ihm durch Raginald bringen.

Einmal, als Haimo eine neue Seite begann, hatte er Lust, eine schöne Majuskel zu zeichnen, wie er sie in den Messbüchern der zwei alten Schreiber sah, und er arbeitete einen ganzen Morgen lang an einem grossen C, in dessen Bauch er ein kleines Kreuzmuster einflocht und ihm im oberen Teil etwas wie ein Fischauge zeichnete, mit feinen Schuppen darum herum, und Teile mit Rot ausfüllte, andere mit schwarzen Tupfen akzentuierte und wieder andere für die Farbe des Pergaments frei ließ.

Er war so versunken, dass er das Eintreten des Abtes nicht bemerkte, der ihm über die Schulter schaute und dann sagte: »Ein schönes Ornamentum – und für welches Wort?«

Haimo erschrak. »Copulat«, antwortete er.

»Und das heißt?«

Haimo errötete. »Verbindet, vermählt.«

Der Abt streichelte ihm den Nacken und strich ihm dann über die Haare. »Es gleicht einer Narrenkappe.«

Erstaunt schaute ihn Haimo an, aber Sigido lächelte nur, während sich Maurus und Gernot einen vielsagenden Blick zuwarfen.

Im Laufe der Monate wuchsen Haimos Gestaltungsfreude und der Mut, andere Formen auszuprobieren. Beim Buchstaben p verband er einmal alle Wortanfänge mit einer senkrechten Linie, die fast über die ganze Seite ging, und schmückte sie links und rechts mit roten Punkten. Bei der nächsten Seite machte er es ebenso.

Sigido war nicht erbaut darüber. Er drohte ihm mit dem Zeigefinger und sagte: »Haimo – nicht übermütig werden. Das ist ein Wörterbuch, kein Malbuch.«

Aber nach und nach merkte er, wie weit er mit den Ausschmückungen gehen konnte und was er sich dem Abt gegenüber erlauben durfte. Als Haimo ihn einmal darauf aufmerksam machte, dass das Wortpaar »ventus, wind« schon auf einer früheren Seite vorgekommen war, fuhr er ihm unwirsch übers Maul und sagte, den Inhalt könne er ruhig ihm überlassen.

Und nun stand er im Skriptorium und prüfte, ob das ewige Leben noch feucht war.

Maurus hob seinen Kopf. »Und – war der Abt zufrieden?«

»Ich glaube schon. Er hat mich umarmt.«

»Und geküsst vielleicht?«

»Ja, geküsst auch.«

Jetzt hob Gernot seinen Kopf. »Auf die Lippen?«

Haimo errötete. »Ja.«

Gernot pfiff leise und blickte zu Maurus. Dieser sagte: »Dann war er sehr zufrieden«, und beide kicherten vor sich hin, während sie sich wieder über ihre Manuskripte beugten.

Haimo schien es, sie wüssten etwas, das er nicht wusste, und ärgerte sich darüber. Dann öffnete er die Truhe, nahm vorsichtig alle seine beschriebenen Pergamente heraus, ging damit zum Pult und legte sie auf dasjenige mit dem Vaterunser und dem Glaubensbekenntnis.

»Du bist zur rechten Zeit fertig geworden«, sagte Maurus, »morgen kommt Adalbrecht mit dem neuen Leder, und bis zu deiner Professfeier ist dein Wörterbuch gebunden.«

»Meine Familie soll eingeladen werden, hat der Abt gesagt. Wisst ihr, wer ihr die Einladung bringt?«

»Der Abt wird sie Adalbrecht mitgeben. Aber sie ist nur für deinen Vater und deine Brüder.«

»Die Mutter gehört doch auch zur Familie.«

»Frauen dürfen nicht in die Klosterkirche.«

Haimo seufzte. Wie konnte er das nur vergessen.

»Fratres, darf ich wohl dem Adalbrecht einen Brief für meine Mutter mitgeben?«

Gernot lachte. »Kann sie denn lesen?«

»Vater kann lesen. Er liest es ihr dann vor.«

»Da musst du den Abt fragen. Üblich ist es jedenfalls nicht«, sagte Maurus, und Gernot fügte hinzu: »Aber in deinem Fall …«, und wieder begann er leise zu pfeifen.

Als Haimo seine Pergamente wie einen Täufling auf beiden Armen trug, fragte er: »Kann mir einer von euch die Tür öffnen?«.

Sogleich stiegen beide von ihren Pulten. Maurus öffnete die Tür, Haimo ging hinaus, und die zwei Schreiber folgten ihm.

»Danke«, sagte Haimo, »mitkommen müsst ihr nicht.«

»Wir begleiten dich«, sagte Gernot, »schließlich warst du beim Schreiben in unserer Obhut.«

»Ein bisschen ist es also auch unser Buch«, fügte Maurus hinzu.

Haimo gab nach. »Gut, wenn ihr wollt …«

»Wir wollen«, sagte Maurus, »nicht wahr, Gernot?«

Dieser nickte. »Ja, und es ist besser so, nicht wahr, Maurus?«

Und beide lachten wieder ihr Lachen, das Haimo nicht verstand.

Als sie den Kreuzgang erreicht hatten und vor der Klause des Abts standen, klopfte Maurus mit dem Löwenkopf, und auf das »Herein!« öffnete er die Tür, ließ Haimo vorangehen, dann stellten sich die beiden links und rechts von ihrem Schützling auf, und Maurus sagte: »Frater abba, unser Novize hat sein Werk vollendet und möchte es dir hiermit übergeben. Das Skriptorium dankt dir, dass du uns diesen gelehrigen Schüler geschickt hast, und hofft, dass er uns auch nach seiner Profess als Schreiber erhalten bleibt.«

Sigido hieß Haimo mit einer Geste, das Manuskript auf den Tisch zu legen, und bedankte sich seinerseits bei den Skriptoren und bei Haimo.

Bevor er sie entließ, sagte Gernot, Haimo habe noch eine Frage.

Sigido blickte Haimo an und hob die Augenbrauen.

»Darf meine Mutter nicht in die Klosterkirche kommen?«

Der Abt nickte. »So ist es.«

»Darf ich ihr einen Brief schreiben und ihn Adalbrecht mitgeben?«

»Wenn du unserm Herrn Jesus Christus folgen willst, musst du Vater und Mutter zurücklassen. Da du jetzt noch

Novize bist, erlaube ich dir, diesen Brief zu schreiben. Wisse aber, dass dir nach deinem Eintritt ins Kloster der Kontakt mit deinen Eltern untersagt ist, denn fortan ist der Orden deine Familie.«

Als Haimo wieder im Skriptorium war, holte er mit der Zustimmung von Maurus und Gernot ein Probepergament aus der Truhe und zeichnete mit der Feder ein Herz darauf, das er mit karminroter Tinte ausfüllte. Dann schnitt er es mit dem Messer aus.

Als seine zwei Kollegen bei diesem Geräusch verwundert aufblickten, sagte er schnell: »Ich habe einen Fehler gemacht«, und steckte das kleine Blatt in seine Kutte.

»Du, einen Fehler?« fragte Gernot.

»Das kennen wir gar nicht an dir«, sagte Maurus.

»Aufgeregt bin ich, fratres, könnt ihr das verstehen?«

Maurus und Gernot nickten und senkten ihre Köpfe seufzend über die Pergamente, während Haimo langsam schrieb:

»Liebe Mutter, ich danke dir für alles. Haimo«.

Am nächsten Tag öffnete Raginald gegen Mittag die Tore des Klosterhofs, und ein Lastkarren, der von zwei Gäulen gezogen wurde, holperte über die Pflästerung. Auf dem Bock neben dem Kutscher saß Adalbrecht, und neben Adalbrecht saß ein junger Gehilfe, der nun dem Meister beim Abladen der gegerbten Lederstücke zur Hand ging. Die zwei Pferde wurden ausgespannt und vom Kutscher zum Klosterstall geführt. Da es der Abt erlaubt hatte, ging Haimo, als die Ladung abgelegt war und die Besucher zu Speis und Trank gebeten wurden, zu Adalbrecht und bat ihn, den Brief seiner Mutter zu überbringen, was ihm dieser gerne versprach. Das

Brieflein für Maria gedachte er dem Gehilfen zuzustecken, aber als er ihm in die Augen schaute, schoss ihm das Blut in den Kopf. Es war niemand anderes als Maria, die sich Jünglingskleider angezogen hatte und ihre Haare unter einer tiefliegenden Mütze verbarg.

»Das ist für dich«, sagte er leise und gab ihr die Hand.

»Danke«, sagte sie ebenso leise, zog ihre Hand wieder zurück und steckte das kleine Pergament in ihre Tasche.

10

»Die Landschaft hier oben verändert sich ständig«, sagte der Wanderleiter Dölf Abplanalp zu seiner Gruppe, mit der er am Rand des Oberen Eismeers stand. »Wenn ihr zum Beispiel dort hinüberschaut, seht ihr einen Wasserfall zum Fels herausschießen, der war vor zwei Jahren noch nicht da. Vorher floss das Wasser direkt in den Gletscher, unter der Oberfläche.«

Er hatte mit sechs deutschen Feriengästen am Nachmittag die Schreckhornhütte erreicht und war vor dem Nachtessen mit ihnen noch zum Gletscher hinuntergestiegen.

Staunend betrachteten sie die bizarren Eisgebilde, die sich wie ein erstarrter Zug keulenschwingender Riesen durch das Tal zwängten. Abplanalp hatte ihnen die Geschichte der jüngsten Bergstürze aus dem Eigermassiv erzählt, die zur Bildung eines bedrohlichen Gletschersees führten, hatte ihnen auch die übrig gebliebenen Grundmauern eines Berggasthofs gezeigt, der wegen eines drohenden Felsabbruchs niedergebrannt war und weiter oben wieder aufgebaut werden musste, und ihnen Zahlen zu der Gletscherschmelze genannt, die sich in den letzten Jahren ständig beschleunigte.

Die Séracs, die sie hier sähen, entstünden nicht zuletzt durch einen Gletscher, der unten am Boden schneller schmelze als an der Oberfläche, was auch ihre häufige Schieflage erkläre. Sie können jederzeit einstürzen und seien deshalb bei den Bergsteigern gefürchtet. Und wie zur Illustration seiner Aussage hörte man ein Krachen. »Dort oben!« rief eine Frau und zeigte auf einen Buckel des Gletschers, der sich über einer steil abfallenden Stelle wölbte. Eine zerstiebende Schneewolke zeigte an, wo der Eisturm gestanden hatte, von dem man noch einzelne Brocken hinunterkollern sah.

Die Männer hoben sofort ihre Feldstecher an die Augen und tauschten sich über das aus, was sie sahen. »Schau mal, da rollt immer noch ein Stück, schon weit unten.« »Gleich daneben steht noch ein Turm, der hält sicher nicht lang.« »Wo siehst du den, links?« »Nein rechts, über diesem kleinen Felsfleck.« »Ich sehe keinen Felsfleck.« »Wenn du von der Mitte der Abbruchstelle langsam nach rechts gehst, siehst du doch einen Fleck. Den meine ich.« »Aha, ja, ich hab ihn. Das soll ein Fels sein?« »Was sonst?« »Mitten im Eis? – Kann das sein, Dölf?« Der Fragesteller senkte sein Fernglas und wandte sich an den Wanderleiter. Der nahm nun seinerseits seinen Jagdfeldstecher und suchte die Stelle ab. Als er den Fleck gefunden hatte, drehte er ein bisschen am Fokussierrad, um die Bildschärfe zu verbessern, und schaute sehr lange hinüber, bevor er das Gerät langsam sinken ließ.

Die ganze Runde blickte ihn fragend an.

»Es ist kein Fels«, sagte er.

»Siehst du? Hab ich mir gedacht. – Was ist es denn?«

»Eine Jacke.«

»Aua, da friert aber einer!«

Der Witzemacher war der Einzige, der über den Scherz lachte.

»Ich muss die Polizei anrufen«, sagte Dölf, »es ist nicht nur eine Jacke, es steckt noch jemand drin.«

Beim Nachtessen saßen die Leute an vier Tischen, einer war mit Dölf und der Wandergruppe besetzt, an zwei andern waren ein Walliser und ein Berner Oberländer Bergführer mit ihren Gästen, am vierten saßen zwei Engländer. Außer den Wanderern wollten alle am nächsten Tag aufs Schreckhorn, obwohl die Prognose gegen Abend einen Wetterumschlag voraussagte.

Als der Hüttenwart und seine Gehilfin das geschnetzelte Kalbfleisch und den Reis auftrugen, war das gedämpfte Knattern eines Helikopters zu hören. Dölf stand auf und ging mit dem Hüttenwart hinaus. Drüben am Gletscher stand der Helikopter in der Luft still und ließ einen Retter an einem Seil hinunter. Der rekognoszierte, immer am Seil, das Gelände rings um die gefrorene Leiche und wurde dann wieder hochgezogen. Nach und nach waren alle Gäste aus der Hütte getreten, auch die Köchin in ihrer Schürze, und mit ihnen der Hüttenhund.

»A dead man?« fragte einer der Engländer.

Dölf und der Hüttenwart nickten.

»I saw him first this afternoon«, sagte einer der Deutschen.

Zwei Minuten später senkte sich der Helikopter auf den

Landeplatz neben der Hütte, und der peitschende Wind der Rotoren trieb die Zuschauerschar in die Gaststube zurück. Abplanalp und der Hüttenwart blieben draußen.

»Esst, sonst wird es kalt!« sagte die Köchin, und alle stocherten mit ihren Gabeln in dem Geschnetzelten, aber der Appetit war nicht mehr derselbe. Nur die zwei Engländer ließen sich nicht beirren. »Poor guy«, sagte der eine, und »Never cross a glacier alone«, der andere, bevor sie sich ihre Reisportionen auf die Teller schaufelten.

Kurz darauf hob der Helikopter wieder ab und entschwand talwärts, und Dölf kam herein und setzte sich an den Tisch.

»Sie machen die Bergung morgen früh«, sagte er, »der Ort ist nicht ganz einfach.«

Die Gäste des Walliser Führers, ein Mann und eine Frau um die dreißig, schauten etwas betreten drein. »Keine Angst, wir packen das schon«, sagte er zu den beiden, »am Schreckhorn hat's keinen Gletscher.«

Gleich nach dem Essen gingen die Bergsteiger zu Bett, Tagwacht für das Schreckhorn war um halb drei angesagt, während die Führer und die Wandergruppe noch sitzen blieben. Die Bergführer bestellten beim Hüttenwart, der sich nachher auch zu ihnen setzte, einen halben Liter Rotwein, die Deutschen tranken Bier.

Ob man denn eine Ahnung habe, wer das sei, fragte einer von ihnen.

Dölf schüttelte den Kopf. Da müsse man zuerst sehen, wie viel von ihm noch übrig sei. Vielleicht finde man auch seinen Ausweis.

Der Berner Bergführer sagte, es könnte der Kollege sein, der seit 1973 vermisst werde und nach dem man die Biwakhütte am Mittellegigrat benannt habe.

Das habe er auch gedacht, sagte Dölf, er hoffe es sogar, er habe ihn noch gekannt, sie hätten zusammen die Aspirantenklasse durchlaufen, ein Draufgänger sei er gewesen, sei einmal in einer Stunde die vereiste Südwand des Nadelhorns buchstäblich hinaufgerannt, solo, sie hätten ihn alle bewundert, und irgendwie wäre es gut, wenn diese Geschichte ein Ende fände.

Ob das öfters vorkäme, dass die Gletscher eine Leiche wieder freigäben, fragte eine der deutschen Frauen.

Ja, mit der Klimaerwärmung wieder mehr, sagte Abplanalp, und der Walliser erzählte von den drei Lötschentaler Brüdern, die 1926 zu einer Tour aufgebrochen waren, von der sie nie mehr zurückkehrten, und deren Skelette nach über 80 Jahren am Rand des Aletschgletschers wieder gefunden worden waren.

Und dann kam die Rede auf andere Verunglückte, auf die zwei jungen Bergführer, die vor Jahren bei einer Besteigung des Eigers über den Westgrat im November vom Wind in die Tiefe geweht worden waren, Brüder auch sie, oder den Walliser Extrembergsteiger, der als dritter Alpinist alle Achttausender des Himalaya bestiegen hatte und auf einer relativ gewöhnlichen Tour abstürzte, den Bündner Führer auch, der 13 der 14 Achttausender ohne Sauerstoffmaske erklommen hatte und beim Abstieg vom Piz Bernina auf der Normalroute mit zwei Gästen am Seil zu Tode gekommen war, die zwei Kletterer, die es kurz unterhalb des Gipfels in der Wetterhorn-Nordwand getroffen hatte und bei deren Bergung Dölf, als er noch Bergführer war, dabei war, und auf einmal füllte sich die Gaststube mit unsichtbaren Toten, die ihrer Sehnsucht gefolgt waren, hoch oben zu sein, über Grate zu gehen, die nicht für Menschenfüße gemacht waren, und ihr Herz auf die Probe zu stellen beim Durchsteigen abweisender Felswände und dem Versuch, dem Wort »unmöglich« seine Gültigkeit abzusprechen.

Eigentlich war es nicht üblich, dass man unter Bergführern, wenn Gäste dabei waren, über Unfälle sprach, aber da die Gruppe von Dölf nicht aus Gipfelstürmern bestand, sondern bloß aus Wanderern, hatten die drei, vielleicht ohne es zu merken, ihre Vorsicht fallen gelassen, als hätte der Fund auf einmal den ganzen Schrecken freigesetzt, der in den Bergen lauerte.

Ob der Preis für das Bergsteigen nicht zu hoch sei, fragte die Frau, die den zusammenstürzenden Eisturm zuerst gesehen hatte.

Die Frage könne sie sich auch beim Autofahren stellen, sagte der Walliser, und dort gebe es mehr Tote als in den Bergen.

Damit war die Sachlichkeit wieder hergestellt, die Führer tranken ihren Wein aus, Abplanalp sagte zu den zwei Kollegen: »Also, Giele, passet uf morn!«, man wünschte sich allseits eine gute Nacht und ging in die Schlafräume.

Als die Wandergruppe am nächsten Morgen beim Frühstück saß, wurde auf dem Gletscher drüben bereits an der Bergung des Toten gearbeitet. Abplanalp hatte seinen Kaffee nach draußen genommen und verfolgte mit dem Hüttenwart zusammen durch seinen Jagdfeldstecher die Vorgänge. Da der Tote in einer Eiswand zum Vorschein gekommen war, hatte man oberhalb der Wand eine Standfläche eingerichtet, von der aus zwei Männer gesichert wurden, die zu ihm abstiegen. Der eine versuchte ihn offenbar mit einer Fräse aus dem Eis herauszulösen, während der andere einen Leichensack für seine Überreste bereit hielt.

»Wollt ihr euch das antun?« fragte Abplanalp, als zwei seiner Gäste ebenfalls mit einem Fernglas vor die Hütte traten.

»Du tust es dir ja auch an«, entgegnete der eine.

»Stimmt. Ich hab das eben früher selbst gemacht.«

Gleich danach landete ein Helikopter neben der Hütte. Der Pilot stieg aus, grüßte sie und sagte zum Hüttenwart, er warte lieber hier, auf dem Gletscher finde er kaum eine sichere Landefläche, er sei zu zerklüftet.

»Ja«, sagte die Gehilfin, die mit einer dampfenden Tasse kam, »und hier gibt's sogar Kaffee.«

Der Pilot bedankte sich und nahm einen Schluck. Aus seinem Funkgerät war ab und zu die durch Rauschen zerquetschte Stimme des Einsatzleiters vom Standplatz oberhalb der Eiswand zu hören. Dann meldete sich die Basis in Lauterbrunnen mit der Mitteilung, der Staatsanwalt sei eingetroffen, und sie brächten ihn zur Schreckhornhütte.

Der Staatsanwalt? Die Wanderer wunderten sich.

»Jeder tödliche Unglücksfall in den Bergen wird gerichtlich abgeklärt«, sagte Dölf, »auch wenn er schon weiter zurückliegt.«

Und was denn nun passiere, wenn der Tote geborgen sei?

Dann komme er zuerst ins Leichenhaus und danach zur

Gerichtsmedizin. Dort müssten sie herausfinden, wie lange er schon im Gletscher gelegen habe.

Dann packte er seinen Feldstecher ein und sagte: »Aber so lang können wir nicht warten. Macht ihr euch bereit, bitte? In einer Viertelstunde ist Abmarsch.«

Und während sie wenig später auf dem steilen Hüttenweg nach Grindelwald marschierten, flog über ihren Köpfen ein Helikopter das Tal hinauf, mit einem jungen Staatsanwalt in Bergausrüstung an Bord, dem es davor graute, dem ersten Bergtoten seiner Laufbahn zu begegnen.

11

Es war im Januar des Jahres 776, als ein Mann und eine Frau mit einem Esel im Schneegestöber vor der Pforte des Klosters St.Gallen standen. Der Mann war mit einer Mönchskutte bekleidet, die Frau trug in einem Umschlagtuch einen Säugling. Der Esel hatte zwei Säcke aufgeschnallt. Die zwei Menschen hatten bewegte Jahre hinter sich.

Haimo war, nachdem er nächtelang geweint hatte, in einem feierlichen Gottesdienst in den Orden eingetreten. Als dann die Fratres in Wessobrunn baten, ihnen das Wörterbuch, von dem sie gehört hatten, zum Abschreiben zu bringen, schickte ihn Sigido mit dem »Abrogans« in den Süden Bayerns und gab ihm den Auftrag, während der Zeit, in dem der »Abrogans« abgeschrieben würde, seinerseits eines der Werke des Heiligen Augustinus abzuschreiben und nach Weltenburg zurückbringen zu lassen. Er selbst solle sich nachher mit dem »Abrogans« auf den Weg nach Rom machen und von dort in ihr Mutterkloster Montecassino, dabei aber in den Skriptorien von St.Gallen südlich des Bodensees und von Bobbio im langobardischen Königreich Halt machen, sich dort jeweils im Gegenzug für das Kopieren des »Abrogans« eines oder mehrere Bücher abschreiben, in St. Gallen gebe es reichlich Heiligenviten, aus Bobbio seien es die Werke Columbans, die er gerne lesen würde, zum Beispiel sein Buch über die Buße, und in Montecassino müsse die Benediktinerregel aufbewahrt werden, die der Heilige Benedikt noch selbst abgefasst habe, und das wäre das größte Geschenk, das er von seiner Wanderung zurückbringen könne. Wenn er der Donausüdstraße von Kelheim bis zu den Burghöfen folge und dort auf der Via Claudia Augusta weiter nach Süden gehe, werde er Wessobrunn am Ammersee erreichen.

Haimo wunderte sich ein bisschen, dass der »Abrogans« nicht für das Kloster gedacht war, sondern einem Austausch dienen sollte, und fragte, wie lange denn diese Wanderung dauern werde, und der Abt sagte ihm, wenn er in den Skriptorien von Wessobrunn, St.Gallen, Bobbio und Montecassino je ein Jahr verbringe, müsste er in fünf oder sechs Jahren wieder zurück sein. Wenn es Gottes Wille sei, werde er dann sein Amt als Vorsteher des Klosters Weltenburg immer noch versehen, und er freue sich, ihn dann als gereiften und erfahrenen Frater wieder in die Arme zu schließen. Damit er nicht mit einem nutzlosen Wandermönch verwechselt werde, denen es bekanntlich nur darum gehe, überall die lateinische Zehrung zu bekommen, habe er ihm ein Empfehlungsbreve geschrieben. Er überreichte ihm ein gerolltes Pergament, drückte ihn dann heftig an sich und küsste ihn innig auf den Mund.

Als Haimo das Skriptorium betrat und den beiden Schreibern mitteilte, dass er vom Abt auf eine lange Reise geschickt werde, die fünf oder sechs Jahre dauern könne und auf die er morgen aufbrechen werde, fragte ihn Maurus:

»Hat dich der Abt zum Abschied umarmt?«

Haimo nickte.

»Und geküsst?«

Haimo nickte erneut.

»Auf die Lippen?« fragte Gernot, und Haimo nickte nochmals.

Aber ihr Kichern blieb aus, stattdessen traten Maurus Tränen in die Augen, und Gernot schaute äußerst bekümmert auf das Pergament, das vor ihm lag.

Haimo war überrascht und verlegen. Er hatte sich immer als Neuling gesehen und war nie auf den Gedanken gekommen, dass er den zwei älteren Brüdern etwas bedeuten könnte.

»Gott sei mit dir«, sagte Maurus und reichte ihm die Hand.

»Wir werden uns nicht mehr sehen«, sagte Gernot traurig und reichte ihm ebenfalls die Hand.

»Danke«, sagte Haimo, »ich war gern bei euch«, und zu seinem Erstaunen kamen auch ihm die Tränen.

Aber als er am nächsten Morgen vom Kloster zur Landstraße hinaufstieg, schlug er nicht den Weg nach Kelheim ein, der ihn südwärts gebracht hätte, sondern, nachdem er sich vergewissert hatte, dass ihm niemand nachschaute, den Weg zurück nach Regensburg.

Seine Mutter war sehr überrascht, als gegen Abend ein Mönch bei ihr vorsprach. Erst als er seine Kapuze zurückschlug, sah sie, dass er niemand anderes war als ihr jüngerer Sohn. Er sei, sagte er ihr, vom Abt auf eine mehrjährige Reise ins große Hauptkloster Montecassino geschickt worden und wolle sich von ihr verabschieden, da sie in der Kirche nicht dabei sein durfte, und ob sie ihm nicht etwas Geld mitgeben könne, für alle Fälle, er wisse nicht, ob er immer in Klöstern oder Christengemeinden Unterschlupf finde. Seine Mutter holte ein Beutelchen mit Silbermünzen aus dem Spind, ihrem sorgfältig verwahrten Erbe, steckte es ihm zu und umarmte ihn dann unter Tränen. Haimo bat sie, zu Maria zu gehen, von der er sich ebenfalls verabschieden wolle, und ihr zu sagen, er würde sie gerne nach Einbruch der Dunkelheit am Donauufer bei der großen Linde sehen, wo sie sich früher öfters getroffen hatten. Die Mutter, die nie verstanden hatte, wieso ihr Sohn ein Klosterleben führen solle, versprach es ihm, und er zog seine Kapuze wieder tief in die Stirn und machte sich eilig aus seinem Elternhaus davon.

Zwei Wochen später verließ ein Benediktinermönch die bajuwarische Siedlung Strupinga am Ufer der Donau. Er führte einen Esel mit sich, den er auf dem Markt von einem Bauern gekauft hatte, und neben dem Esel her, auf dem zwei Säcke aufgeschnallt waren, ging höchst vergnügt ein Stallbursche. Haimo hatte hier auf Maria gewartet; er hatte einen andern Weg gewählt, als ihm der Abt vorgegeben hatte, für den Fall, dass jemand auf die Idee kommen sollte, ihn zu suchen.

Maria hatte ihre Flucht sorgfältig vorbereitet. Sie hatte zwei Freundinnen am Brunnen geklagt, dass sie wegen

Haimo großen Liebeskummer habe und sich lieber in die Donau stürzen wolle, als ihn ein Leben lang hinter Klostermauern zu wissen und selber irgendeinen Geldsack heiraten zu müssen.

Dann war sie zu Haimos Mutter gegangen und hatte sie um ein Hemd und eine Hose von Haimo gebeten, zum Andenken an ihn, den sie ja nun an den Heiland verloren habe, und die Mutter, welche Maria schon lange in ihr Herz geschlossen hatte, gab ihr dieses Andenken gerne. Sie legte seine Mütze dazu und wickelte die Kleidungsstücke um die letzten Sandalen, die Haimo getragen hatte und die nun, da es keinen jüngeren Bruder gab, nicht mehr von Nutzen waren. Maria drückte ihr Gesicht in das Bündel und seufzte, wie schön es sei, wenigstens an ihrem Liebsten riechen zu können, der nun durch Mauern von ihr getrennt sei, nahe und doch so fern, und sie wisse nicht, wie lange sie das noch aushalte.

In einer der nächsten Nächte, nachdem es zwei Tage lang geregnet hatte, schlich sie sich mit einer Laterne zur Linde an der Donau hinunter, zog dort ihre Kleider aus, legte das Pergamentstücklein mit dem Herzen dazu, schlüpfte in Haimos Gewand und machte sich auf dem Uferpfad so schnell es ging flussabwärts davon.

Als Marias Bett am Morgen leer blieb und Adalbrechts Frau die Freundinnen ihrer Tochter aufsuchte, um zu fragen, ob sie etwas über deren Verbleib wüssten, erschraken diese, rannten mit Frau Adalbrecht zur Donaulinde hinunter und fanden dort Marias Kleider. Das Pergament mit dem Herzlein lag zuoberst, und nun war es gewiss, dass sich das arme Mädchen ertränkt hatte.

Sie war nicht die Erste, die diesen Tod wählte. Manchmal wurde eine Leiche weiter unten ans Ufer gespült, aber wenn die Donau hoch ging, fand man die Ertrunkenen nie wieder. Jetzt ging die Donau hoch, und so wurde am Tag, als Maria an Haimos Seite von Strupinga nach Süden aufbrach, in Regensburg für sie eine Totenmesse gelesen, für die Adalbrecht einem Kaplan einen beachtlichen Betrag zuschieben musste, denn Selbstmörder waren keine würdigen Mitglieder der Kirche, sondern hatten sich gegen Gott und sich selbst schwer versündigt. Wenigstens musste man nicht um ein Grab für die Tochter bitten, auch das hätte nochmals einer ordentlichen Summe bedurft, damit man sie trotz allem innerhalb der Friedhofsmauern hätte bestatten dürfen.

Auch Haimos Mutter mischte sich unter die wenigen, die an der mit großer Heimlichkeit abgehaltenen Messe teilnahmen, aber während Adalbrechts Frau und Marias Freundinnen zum Steinerweichen schluchzten, dachte sie daran, dass sie nichts von Haimos Kleidern gehört hatte, setzte eine bekümmerte Miene auf und dachte sich ihr Teil.

Haimo aber hatte sich beim Pfarrer von Strupinga nach der nächsten größeren Siedlung im Süden erkundigt, und so zog er nun mit seinem Stallknecht nach Thingolfinga, auf einer Landstraße, die sich durch Wälder und Felder zog und auf der Menschen mit Ochsenkarren, zu Pferd oder zu Fuß unterwegs waren. Als er Maria gefragt hatte, wie sie als sein Bursche heißen wolle, sagte sie »Almar«, da sei etwas von Adalbrecht und von Maria drin.

In Heuschobern, Pfarreien und kleinen Klöstern nächtigend, manchmal auch in Herbergen, die Almar aus dem Beutel mit Haimos Silbermünzen bezahlte, fragten sie sich nach Wessobrunn durch. Dort wurde Haimo nach Vorzeigen von Sigidos Geleitbrief sehr freundlich empfangen, sein »Abrogans« wurde sofort einem älteren Skriptor zum Abschreiben gegeben, während man ihm die »Confessiones« des Augustinus vorlegte, die er mit seinen klaren, fein gezogenen Buchstaben auf Lateinisch niederzuschreiben begann. Almar wurde gerne in den Stallungen beschäftigt, wo gerade ein Knecht an der Schwindsucht gestorben war, er striegelte und fütterte Pferde und Esel zur Zufriedenheit des Bruders Stallmeister, der sich ein bisschen wunderte, warum Almar immer noch keinen Stimmbruch hatte, was ihm dieser damit erklärte, dass in seiner Familie alle Männer den Stimmbruch erst um das zwanzigste Lebensjahr bekommen hätten. Haimo bekam zum Übernachten einen Platz im Dormitorium zugewiesen, Almar schlief bei den Laienbrüdern.

Haimo hatte dem Abt erklärt, dass Sigido sehr interessiert sei, etwas über die Umgebung des Klosters zu erfahren, und ihn um eine kurze Beschreibung gebeten habe, und so bekam er das Privilegium, an schönen Tagen gelegentlich einen Ausflug zu machen, bei dem er sich von seinem Esel und seinem Stallknecht begleiten ließ. Dem Esel schnallte Almar ein Stativ auf, während Haimo eine Tasche mit Tintenfass, Messer und Federkiel umgehängt hatte. Damit fertigte er kleine Zeichnungen an, die er mit Sätzen erläuterte wie »Am Ufer des Lech«, »Das Kloster, zum Gebirge schauend« oder »Der Ammersee, von Gott gesegnet«. Der Abt Ilsung lobte ihn dafür.

Nach etwas mehr als einem Jahr allerdings ereignete sich Ungewöhnliches im Kloster Wessobrunn. Dem Bruder Stallmeister war aufgefallen, dass Almar an Gewicht und Umfang in einem Maß zunahm, das man nicht nur der guten Ernährung mit bajuwarischem Hafermus und Gerstensuppe und dem schmackhaften Klosterbrot zuschreiben konnte, und er machte dem Abt Meldung davon. Dieser knöpfte sich den Stallburschen vor und berief dann den Rat des Klosters ein, der aus den ältesten Fratres bestand. Auch Haimo wurde einbestellt und musste vor dem verschlossenen Refektorium warten. Auf einmal drang aus dem Saal ein gewaltiges Gelächter, wie er es in diesem Kloster noch nie gehört hatte. Der Abt hatte den versammelten Mönchen soeben mitgeteilt, dass der Stallbursche Almar schwanger war.

Als Haimo hereingelassen wurde, klopften sich die Brüder immer noch auf die Schenkel, auf die eigenen und die ihrer Nachbarn, und beugten sich vor und zurück, von Lachen geschüttelt. Als der Abt allerdings mit einem silbernen Hammer auf den Tisch klopfte, waren nur noch einzelne Pruster zu hören, und es wurde schnell ruhig. Ilsung eröffnete Haimo, dass er sich einer schweren Sünde schuldig gemacht habe, indem er sich nicht nur als Mönch mit einem Weibe eingelassen hatte, sondern auch so weit gegangen war, ihnen die wahre Natur Almars zu verheimlichen.

Sie hätten sie nun zu einer Wehmutter ins Dorf geschickt, wo sie bis zur baldigen Geburt weilen könne, aber sobald sie eines Kindleins entbunden sei, werde weder sie noch Haimo im Kloster weiter geduldet. Die Confessiones, die er abgeschrieben habe, werde er bei Gelegenheit der nächsten Farblieferung dem Frater Abba von Weltenburg bringen lassen, er aber solle seinen »Abrogans« nehmen und sich auf den weiten Weg nach Montecassino machen.

Haimo kniete vor dem Abt nieder und bat ihn und die Brüder, ihm zu verzeihen, er schreibe gerade das Kapitel der Confessiones ab, in dem der Heilige Augustinus von seinen Versuchungen erzähle, und er selbst sei eben kein Heiliger und sei den Versuchungen erlegen. Ob sie ihm aber die Gnade zugestehen würden, das Kindlein in der Klosterkirche zu taufen, damit es seinen Weg ins Leben mit dem Segen unseres Heilands antreten könne.

Und so schrieb Haimo das Kapitel mit den Versuchungen zu Ende, nach zehn Tagen wurde das Kindlein auf den Namen Tassilo getauft, und als sich der Stallbursche Almar von den ungewohnten Anstrengungen erholt hatte, setzte er sich als Maria in Frauenkleidern, die ihm die Wehmutter geschenkt hatte, auf den Esel und zog mit Haimo bei einsetzenden Herbststürmen in Richtung des Bodensees davon, und zwei Dutzend Benediktinermönche standen vor den Pforten des Klosters und winkten ihnen nach.

Und jetzt also St.Gallen.

12

Sie saßen auf dem kleinen Gartenplatz, der an die Mauer des Nachbarhauses grenzte, und genossen den milden Maiabend. Jacqueline hatte eine Studienkollegin zum Nachtessen eingeladen, der sie kürzlich zufällig am Bahnhof begegnet war, und daraus war eine spontane und kurzfristige Einladung geworden. Regula, die Privatdozentin für Germanistik war, hatte ihren Mann Oliver mitgebracht, einen Computerfachmann, und Ernst hatte, da Regula Vegetarierin war, Kräuterseitlinge, Auberginen und Peperoni auf den Gartengrill gelegt, Jacqueline hatte chinesische Nudelnester und einen üppigen Salat beigesteuert, und nun waren sie beim Dessert angelangt, einer Vanilleglace mit warmen Beeren, zu dem Ernst in kleinen Gläsern einen Muskatwein aus dem Languedoc anbot.

Sie hatten sich zuerst über ihre Lebensläufe unterhalten, die beiden Frauen hatten einander nach Studienkolleginnen und -kollegen gefragt, die sie aus den Augen verloren hatten, dann kam das Gespräch auf Bibliotheken und die veränderten Lesegewohnheiten, auf die Gefährdung des

Buches durch die neuen Medien, die etwa dazu führe, dass Bibliotheken an Mittelschulen, aber auch die Publikumsbibliotheken immer mehr Schwierigkeiten hätten, die 15- bis 20-Jährigen als Leser zu behalten. Oliver musste das E-Book verteidigen, sah sich mit dem gesammelten Unbehagen an Systemen konfrontiert, als deren Vertreter er angesehen wurde, die Korrekturprogramme kamen zur Sprache, die aus einem Herrn Schubiger einen Herrn Schäbiger machten oder das Fricktal in ein Tricktal verwandelten und eine Stadt wie Dietikon schlicht nicht kannten und schamlos behaupteten, man habe damit wohl ein Distichon gemeint. Das Wort »Bevormundung« fiel, und die leicht gereizte Versicherung des Fachmanns, jedes Korrekturprogramm könne sehr leicht eliminiert werden, fruchteten wenig, bis ihm Ernst mit der Bemerkung den Rücken stärkte, das Bibliothekswesen sei ja heute ohne Digitalisierung genau so wenig denkbar wie Zug- und Flugverkehr oder irgendein größeres organisatorisches Gebilde, man finde sich einfach immer wieder in Situationen, in denen man Hilfe brauche, und dann seien sie alle froh, wenn ihnen jemand wie Oliver aus der Patsche helfe.

Um das Gespräch auf ein anderes Gebiet zu lenken, erzählte er, wie er kürzlich beim Kauf einer Kerze wissen wollte, wo sie hergestellt worden sei, und beim Blick auf die Unterseite neben »Made in Poland« ein Verfalldatum gefunden habe, und zwar den 24.3.2338. Diese Garantie für eine über 300-jährige Lebensdauer sei ihm als eine Mischung aus Kühnheit, Dummheit und Frechheit erschienen, und er habe sich gefragt, ob er den Hersteller in einem Brief zur

Rede stellen solle, doch Jacqueline tue so etwas als Zeitverlust ab – nein, fiel ihm Jacqueline ins Wort, da drohe doch immer die Rechthaberei, und die tue niemandem gut, und lange Zeiträume seien auch etwas Schönes, da gebe es diese Orgel in Halberstadt, die ein Stück von John Cage spiele, das dieser mit der Anweisung »as slow as possible« versehen habe, und die sei so programmiert, dass nur alle paar Jahre der nächste Akkord folge, und das ganze Stück werde, wenn sie sich recht erinnere, etwa im Jahr 2600 zu Ende gespielt sein. Die Orgel sei in einer Kirchenruine eingerichtet worden, und man begebe sich dort in einen Klangraum hinein, der etwas ausgesprochen Tröstliches habe, es fänden sich jeweils, wenn der nächste Ton angekündigt werde, sehr viele Menschen ein, die das wie ein Ereignis feierten, man nehme dann Teil an etwas, das ein Menschenleben überdauere und das auch mit der Hoffnung verbunden sei, dass die Kunst die Wirren der Zeit überleben werde. Da wäre eine langlebige polnische Kerze gar nicht so fehl am Platz, meinte Oliver, was Jacqueline etwas verstimmte, und Regula sagte, ein halbes Menschenleben sei ja schon ein langer Zeitraum, und ob sie das heute auch gelesen hätten, dass im Berner Oberland die Leiche eines Berggängers gefunden worden sei, der 1980 umgekommen und jetzt vom Gletscher wieder freigegeben worden sei, und zwar so gut konserviert, dass man ihn habe identifizieren können.

Ernst rutschte die Flasche aus der Hand, mit der er gerade die Gläser hatte nachfüllen wollen, er hob sie vom Rasen wieder auf, ohne dass viel verschüttet war, und ja, rief Jacqueline, das habe sie auch gelesen, und da sei ihr gleich die Geschichte von Johann Peter Hebel in den Sinn gekommen, wie hieß sie doch, vom Bergmann, der als junger Mensch in der Mine verunglückt, und als er nach einem Menschenleben wieder ausgegraben wird, weiß niemand mehr, wer das ist, außer seiner Braut, die inzwischen eine uralte Frau geworden ist.

»Unverhofftes Wiedersehen«, sagte Regula, daran habe sie auch denken müssen, und da es sich zeigte, dass Oliver der Einzige war, der von dieser Geschichte noch nie gehört hatte, holte Jacqueline Hebels »Schatzkästlein« aus ihrer Bibliothek und begann die kleine Erzählung vorzulesen, in der mit wenigen Worten beschrieben wird, was alles während eines Menschenlebens geschehen kann, vom Erdbeben zu Lissabon bis zur Französischen Revolution, doch als sie zur Stelle kam, wo der Jüngling, von Eisenvitriol durchdrungen und völlig unverwest, als habe er nur grad eine Stunde geschlafen, gefunden wurde und die alte Frau sagte, das sei ihr Verlobter, um den sie fünfzig Jahre lang getrauert habe und den Gott sie vor ihrem Tod nochmals sehen lasse, versagte Jacqueline die Stimme, und sie gab das Büchlein Regula weiter, damit sie es fertig lese, doch sie kämpfte schon beim nächsten Satz mit den Tränen und reichte es Ernst, aber als man den Leichnam ins Stüblein der Frau legte und sie ihm sein schwarzseidenes Halstuch umlegte, das sie ihm zur Hochzeit gestickt hatte, schaute auch er sich hilfesuchend um, und Oliver nahm ihm das Büchlein aus der Hand und las mit ruhiger Stimme die Geschichte zu Ende, in der die alte Frau ihrem jungen Bräutigam im Sonntagsgewand zum Kirchhof folgt, und dann saßen alle da und schneuzten sich und waren überrascht, wie sehr eine 200-jährige Geschichte ihre Gemüter erweicht hatte.

Später am Abend, als die Gäste gegangen waren und Jacqueline das Geschirr in die Spülmaschine räumte, fragte Ernst sie, wo sie das gelesen habe mit dem toten Alpinisten. In einer Gratiszeitung, aber das finde er wohl auch im Internet, sagte sie, und der sei bestimmt allein unterwegs gewesen, ob er sich das bitte als warnendes Beispiel merken wolle, sie habe nicht Zeit, 40 Jahre zu warten, bis es einem Gletscher gefalle, ihn wieder auszuspeien. Er werde nie allein über einen Gletscher gehen, entgegnete Ernst, da könne sie beruhigt sein.

Wieso er dann so erschrocken sei, fragte Jacqueline, der nicht entgangen war, dass er bei Regulas Erwähnung der Nachricht die Flasche hatte fallen lassen.

Jeder, der in die Berge gehe, sagte Ernst, erschrecke über eine solche Nachricht. Jeder, der in die Berge gehe, sei überzeugt, dass ihm nichts passiere, und gerade deshalb wolle man wissen, was dem, der verunglückte, wirklich passiert sei und welchen Fehler er wohl gemacht haben könnte, einen Fehler, den man selber bestimmt nicht machen würde, jedenfalls hoffe das jeder, der in die Berge gehe. Gleich werde er nachschauen, was man über den Verunglückten wisse, aber da es sich um einen einzelnen Toten gehandelt habe, sei er wohl allein, also unangeseilt und ungesichert, über einen Gletscher gegangen, und das sei einer der größten Fehler, die man machen könne, einer der Fehler, die jedem bekannt seien, der in die Berge gehe, ein so großer Fehler, dass man sich sofort frage, was denn die Gründe dafür sein könnten.

Jacqueline wunderte sich über die Heftigkeit von Ernsts Antwort, in der noch irgendetwas mitzuschwingen schien, das sie nicht verstand. Er hatte reagiert, als ob er sich durch diesen Bergtod persönlich angegriffen fühlte.

Ernst ging gleich danach in sein Zimmer und öffnete sein Notebook, um nachzulesen, was über den Unfall bekannt war. Der Ort war das Obere Eismeer, und da noch eine Skispitze gefunden worden war, nahm man an, er habe mit den Skis nach Grindelwald hinunterfahren wollen und sei dabei in eine Gletscherspalte gefallen. Der Name des Toten wurde nicht bekannt gegeben, wohl aber die Tatsache, dass er seit Mai 1980 als vermisst gegolten hatte. Dank eines Ausweises, der noch lesbar war, hatte man ihn identifizieren können. Angehörige seien ausfindig gemacht und benachrichtigt worden.

Lehmann, dachte Ernst, Ernst Lehmann. Jetzt weiß er, was aus seinem schrägen Onkel geworden ist. Und er kann es auch dem Deutschen sagen, der diesen mit dem Inserat in den »Alpen« gesucht hatte.

Dann holte er die 50'000er Landeskarte »Jungfrau«, entfaltete sie auf seinem Schreibtisch und suchte das Obere Eismeer. Entweder musste man bei der Station Eismeer der Jungfraubahn aussteigen und über den Eismeergletscher und einen Pass zum Oberen Eismeer hinüber oder vom Jungfraujoch über das Mönchsjoch zum Ewigschneefeld und von dort zu einer Hütte. Ernst stockte einen Moment, als er ihren Namen las, Berglihütte. Er zog die Schreibtischschublade heraus und öffnete das Päckchen mit dem »Abrogans«. Es war ihm plötzlich in den Sinn gekommen, dass das Buch mit einem Blatt aus einem Gesangbuch eingewickelt war, und das Lied auf diesem Blatt, das sah er jetzt, das Lied war »Uf em Bergli bin i gsesse«.

Kaum hatte er es wieder eingewickelt und in der Schublade versorgt, klopfte Jacqueline an die Tür und streckte den Kopf herein.

»Hast du den Fehler schon herausgefunden?«

»Ich glaube schon«, sagte Ernst, »willst du mal schauen, wie man vom Jungfraugebiet her zur Schreckhornhütte kommt?«

Jacqueline schüttelte den Kopf. Sie war keine Kartenleserin. »Hat er eine falsche Route genommen?«

»Nicht unbedingt«, sagte Ernst, »das Obere Eismeer hat er jedenfalls erreicht. Aber –«

»Aber?«

»Aber allein. Das war sein Fehler.«

13

Auf den Tisch, vor dem Bruder Ratpert saß und Sigidos Empfehlungsschreiben las, hatte Haimo seinen »Abrogans« hingelegt. Eine große weiße Kerze erhellte den düsteren Raum ein wenig, und Haimo stellte sich so nahe wie möglich zu einer Schale mit glühenden Kohlen, von der ein kleiner warmer Luftstrom ausging. Ratpert hob während des Lesens ab und zu den Kopf, als wolle er den Ankömmling mit dem, was über ihn geschrieben stand, vergleichen, und als er das Pergament niederlegte, ergriff er ein Glöcklein und läutete kräftig damit.

Dem Bruder Otmar, der gleich darauf unter der Tür stand, befahl er, den Skriptor Kero zu holen, worauf sich dieser dienstfertig entfernte. Haimo wartete angespannt auf ein Wort Ratperts, aber dieser fuhr fort, ihn schweigend anzusehen. Der Pförtner hatte Haimo, als er nach dem Abt gefragt hatte, den Bescheid gegeben, der sei zur Zeit in Konstanz, er werde seinen Stellvertreter fragen, ob er ihn empfange. Und da stand er nun und hielt die Hände auf den Rücken, damit sie näher an der Kohlenschale waren.

Es klopfte, und herein trat ein kleiner, rundlicher Mönch mit dicken Lippen und roten Wangen, grüßte Frater Ratpert und nickte Haimo kurz zu.

Wortlos reichte Ratpert Kero den »Abrogans«.

Dieser schlug das Buch auf, blätterte etwas darin und schaute fragend zu Haimo. Ob er das geschrieben habe?

Haimo nickte und fügte hinzu, der Abt des Klosters Weltenburg sei der Ansicht, eine Abschrift davon könnte sie interessieren, bevor er das Buch nach Bobbio und Montecassino bringe.

Kero sagte, vor allem zu Ratpert gewandt, auf so etwas hätten sie gewartet, denn die Kenntnisse des Lateinischen, das ja außerhalb der Kirche nicht mehr gesprochen werde, seien im Begriff, sich zu verlieren, und für die Verbreitung des Glaubens unter dem Volk wäre ein Verzeichnis der deutschen Bedeutungen überaus wichtig.

Was er von Haimos Schriftkunst halte, fragte ihn Ratpert.

Kero lächelte. Hervorragend sei sie, und es wäre eine Freude, den jungen Schreiber eine Weile im Skriptorium zu haben. Er würde ihm gerne noch die eine oder andere Verfeinerung beibringen, doch er sehe, dass seine Schrift auch einige Neuerungen enthalte, von denen sie ebenfalls etwas lernen könnten.

Ratpert nickte und hieß dann Kero den Raum verlassen, weil er mit Bruder Haimo noch etwas zu besprechen habe.

Als die beiden wieder allein waren, fragte Ratpert, wo er denn jetzt herkomme. Von den Brüdern in Wessobrunn, entgegnete Haimo, wo er die »Confessiones« des Heiligen Augustinus für das Kloster Weltenburg abgeschrieben habe, während dort sein »Abrogans« kopiert wurde. Nun beugte sich Ratpert etwas vor, blickte ihn eindringlich an und fragte ihn, wie es komme, dass er mit einem Weib und einem Kind unterwegs sei.

Haimo schlug die Augen nieder und sagte leise, er wisse, dass das nicht geduldet werde, aber Maria sei, als man ihn auf die Wanderschaft geschickt habe, einfach mitgekommen, und es sei so viel schöner, in Begleitung einer Frau durch die Welt und das Leben zu gehen, dass er lieber aus dem Orden austreten würde, als Maria zu verlassen.

Ratpert blieb der Mund offen. Ob er der Vater des Kindes sei?

Haimo nickte. »Der Junge heißt Tassilo, und die Fratres von Wessobrunn haben ihn getauft.«

Ratpert bekreuzigte sich. »Du kennst die Regeln unseres Ordens. Du lebst in schwerer Sünde.«

»Augustinus hat Gott um Verzeihung gebeten.«

»Und er hat gesagt, es sei nicht gut, dass der Mensch eine Frau berühre!« Ratpert war laut geworden.

Haimo biss sich auf die Lippen. Man sah ihm an, dass er es sehr gut fand, eine Frau zu berühren, ja dass er sich nichts Schöneres vorstellen konnte. Er wusste auch nicht, warum dies dem Schöpfer nicht gefallen sollte – hatte er es nicht selbst so eingerichtet, und wo kämen sonst die Kinder her? Aber jetzt ging es darum, dass Maria und er hier Unterschlupf fanden.

»Es tut mir leid«, sagte er.

Haimo könne, sagte Ratpert schließlich, angesichts von Keros günstigem Urteil so lange im Kloster bleiben und arbeiten, bis Abt Johannes wieder zurück sei und entscheide, wie es mit ihm weitergehen solle. Aber für sein Weib gebe es hier keinen Platz.

»Im Stall?« fragte Haimo.

Ratpert schüttelte den Kopf.

»Es ist kalt«, sagte Haimo leise.

Ratpert sagte eine Weile nichts, schüttelte immer noch den Kopf über diese Zumutung, die ihn in eine unangenehme Lage brachte. Als Stellvertreter musste er sich vor Fehlern doppelt in Acht nehmen und sich immer vor Augen halten, wie wohl der Abt entscheiden würde. Und entschieden musste hier werden, denn dass man eine junge Frau mit ihrem Kind mitten im Winter nicht ohne Obdach stehen lassen konnte, war ihm klar.

Nach längerem Nachdenken klingelte er erneut mit dem Glöckchen nach Otmar und sagte ihm, er solle die Frau mit ihrem Kind zum Siechenhaus bringen und die barmherzigen Schwestern fragen, ob sie eine Hilfe benötigten. Und nächtigen könne sie vorderhand in der Pilgerherberge, die um diese Jahreszeit nicht überfüllt sei, obwohl – er schaute zu Haimo und fragte ihn, ob die junge Frau auch einen Obolus entrichten könnte.

»Sie hat einige Silbermünzen.«

Ratpert nickte anerkennend.

»Und der Esel?« fragte Haimo.

Den solle er zum Klosterstall bringen, fuhr Ratpert fort.

Haimo war erleichtert, dankte ihm von Herzen und wollte mit Otmar zu Maria an die Pforte, doch Ratpert sagte: »Du bleibst bei mir, und wir gehen zusammen ins Scriptorium.«

Die Schreibstube überraschte Haimo durch ihre Größe. Sechs Pulte standen darin, und als er mit Ratpert zusammen eintrat, hoben vier Skriptoren ihre Köpfe, während Kero schon hinter der Tür bereitstand.

»Er bleibt da, bis Abt Johannes zurückkommt«, sagte Ratpert und übergab Kero den »Abrogans«, bevor er sich wieder entfernte.

Kero nickte und schien hoch erfreut. Er stellte Haimo den andern als Skriptor von Weltenburg vor, der mit einem Glossar nach Montecassino unterwegs sei, das für sie von hohem Wert sei und von dem er eine Abschrift für ihre Bibliothek erstellen möchte. Da sie noch nicht wüssten, wie lange ihr Gast bleiben könne, schlage er vor, dass nicht nur einer allein daran arbeiten solle. Er selbst möchte auf alle Fälle den Anfang machen, er werde sich aber Inhalt und Umfang des Buches genauer anschauen und dann die weiteren Aufgaben verteilen. Er zeigte Haimo sein Pult, und dieser sah sofort, dass es am weitesten vom Kohlebecken entfernt war, das auch diesen Raum ein bisschen erwärmte. Prüfend bewegte er die Finger seiner rechten Hand, die steif vor Kälte waren.

»Wenn du näher zum Becken willst, brauchst du zuerst ein paar Frostbeulen«, sagte ein hagerer Mönch und hielt seine rechte Hand auf. An den Fingergelenken waren rote Schwellungen zu sehen.

»Der Ofen des Raumes sind wir selber!« rief der Kleinste lachend, und die andern drei stimmten in sein Gelächter ein. Vor ihren Mündern bildete der Atem weiße Räuchlein.

Der Schreiber Winithar sei immer zu Späßen aufgelegt,

sagte Kero und bat seine Mannschaft, dem Neuling keine Angst zu machen, hätten sie doch bisher noch jeden Winter überstanden. Dann ging er mit Haimo die Treppe hinauf in die Bibliothek, um mit ihm aus den mehreren hundert Büchern Lebensbeschreibungen von Heiligen auszusuchen, die für das Kloster Weltenburg von Interesse wären.

Und so kam es, dass Haimo bis im Frühjahr mit einer Schrift, die immer flüssiger wurde, aufschrieb, wie Marcellinus mit Petrus zusammen im Kerker die Mitgefangenen heimlich taufte und danach im Schwarzen Wald gefoltert und enthauptet wurde, wie der Heiligen Agathe die Brüste abgehauen wurden, wie man die Heilige Margareta köpfte, nachdem man sie mit Fackeln versengt und in Öl gebraten hatte, ohne dass ihr dies etwas anhaben konnte, und wie der römische Soldat Longinus Jesus nach dessen Tod die Lanze in den Leib stach und mit dem austretenden Blut sein Augenleiden heilte.

Maria half in dieser Zeit im Krankenhaus aus. Sie war anstellig und geschickt, flößte den Fiebernden Kräutertee ein, löffelte den Zahnlosen Haferbrei, half dem Bruder Feldscher bei den Aderlässen und tat ohne Widerrede alles Ekle, was ihr geheißen wurde, badete faulende Gliedmaßen in Arnikasud, wickelte neue Tuchlappen um eitrige Ekzeme, putzte Erbrochenes auf und reinigte Strohmatratzen von Blutstürzen. Sie wusste, dass ihres Bleibens nur war, wenn sie sich nützlich machte, und wurde nach und nach zu einer geschätzten Hilfskraft. Ihr Büblein, das sie mehrmals am Tag stillte, durfte sie gleich beim Eingang hinter einem Paravent in ein Bettchen legen, gut mit Decken beschützt, denn auch das Siechenhaus war der Kälte des Winters ausgesetzt und nur mangelhaft erwärmt.

Im Pilgerhaus, das ihr zum Schlafen zugewiesen wurde, übernachtete sie so lange, bis sie sich einmal der Zudringlichkeit eines Wallfahrers erwehren musste, ab dann verbrachte sie die Nächte im Siechenhaus, auf einem Strohsack neben ihrem Kind. Das Stöhnen der Kranken war ihr immer noch lieber als das Stöhnen eines Pilgers, der sich vor ihr entblößte.

Haimo war es nicht gestattet, Skriptorium, Refektorium und den Schlafraum für Mönche, die zu Gast waren, zu verlassen, aber durch die Fenster der Schreibstube konnte er Maria sehen, wenn sie vom Spittel zur Krankenküche hinüberging, und seit sie gesehen hatte, hinter welchem Fenster Haimo saß, sang sie jeweils ein kleines Lied, um ihn auf sich aufmerksam zu machen, und dann winkten sich beide zu. Manchmal hatte sie den kleinen Tassilo auf den Rücken gebunden, wenn sie in den Händen eine Schüssel trug. Das war ihr einziger Kontakt, und so oft Haimo den Bruder Ratpert bat, ihm ein Treffen mit Maria im Besuchsraum zu gewähren, so oft schlug es ihm dieser ab. Als Maria einmal eine ganze Woche lang nicht erschien, fragte Haimo Bruder Otmar, ob ihr etwas passiert sei, und Otmar nickte und sagte, sie sei krank geworden, werde aber gepflegt. Auf die Frage nach Tassilo jedoch senkte Otmar seinen Blick und bekreuzigte sich. Auch er sei erkrankt, und der Herr habe ihn zu sich genommen, murmelte er. Daraufhin legte Haimo seinen Kopf auf das Pergament auf seinem Pult und hörte auf zu schreiben. Ebenso hörte er auf zu essen, und nach drei Tagen erlaubte ihm Ratpert, Maria zu besuchen. Haimo betrat das Siechenhaus, kniete neben Maria nieder, hielt ihre Hand, und beide weinten, bis sich Maria aufrichtete und sagte: »Wenn ich gesund bin, komme ich mit dir.«

Abt Johannes war gleichzeitig Bischof von Konstanz und pflegte die kalte Jahreszeit an seinem dortigen Bischofssitz zu verbringen, der besser geheizt werden konnte als die klösterlichen Räumlichkeiten in St.Gallen. Und da es ein kalter Winter war, wurde es Anfang Mai, bis er wieder im Abthaus Einzug hielt.

Er ließ sich von Ratpert über Haimos und Marias Aufenthalt unterrichten, Kero zeigte ihm die Abschrift des »Abrogans«, die sie zu viert verfertigt und beendet hatten, legte ihm auch die Abschriften vor, die Haimo von den Heiligenviten gemacht hatte, und fragte, ob er diesen begabten Schreiber nicht behalten dürfe. Den »Abrogans« könne man ja auch durch einen Botenmönch nach Montecassino schicken.

Nein, sagte Johannes, einen sündigen Bruder in ihren Mauern aufzunehmen, das komme nicht infrage.

Man sage doch, insistierte Kero, mit jedem Buchstaben, den man schreibe, werde einem eine Sünde vergeben.

Johannes aber war nicht umzustimmen, und wenige Tage später verließ Haimo mit vier in Ziegenleder gebundenen Heiligenviten in der Packtasche das Kloster St.Gallen. Maria ritt auf dem Esel mit.

Die Sonne war soeben aufgegangen, und beiden war leicht zumute.

14

Ernst stand kurz vor sieben Uhr morgens mit gepacktem Hochgebirgsrucksack und seinen Tourenskis im unterirdischen Bahnhof Löwenstraße in Zürich und hielt Ausschau nach seinem Freund Thomas, mit dem er verabredet war. Sie wollten sich beim Abschnitt A treffen, der Zug war soeben eingefahren, und auf den Rolltreppen wurden mit ärgerlicher Langsamkeit alle möglichen Menschen herunter befördert, nur keiner in Bergausrüstung und einem Paar Skis. Da kam ihm in den Sinn, dass er ja neuerdings ein Handy besaß und sie ihre Nummern ausgetauscht hatten. Er griff in die Jackentasche, schaltete es ein, und ein Klingelzeichen zeigte ihm eine Nachricht an. »Bin mit Fieber erwacht, kann nicht kommen. Sorry, Tom.«

Ernst steckte das Handy wieder ein, blieb einen Moment ratlos stehen und wandte sich dann langsam der Rolltreppe zu. Doch als über die Lautsprecher die Aufforderung zu hören war, bitte einsteigen, der Zug fährt ab, drehte er sich um, rannte mit ein paar Schritten zur nächsten Tür und stieg ein.

Nachdem er seine Skis in die zu enge Gepäckablage gezwängt und den Rucksack neben sich in den Gang gestellt hatte, ließ er sich auf einem Zweiersitz gegenüber einer gepflegten älteren Frau nieder, welche die »Glückspost« las. Dann begann er die Situation zu überdenken.

Es war Samstag, Jacqueline würde heute zu einer Zusammenkunft ihrer Gymnasialklasse fahren, bei der man auf der Rigi übernachtete. Als sich für das Wochenende gutes Wetter abzuzeichnen begann, hatte er seinen Freund Thomas gefragt, ob er mit ihm auf eine Frühlingsskitour komme. Sein Vorschlag war das Walcherhorn im Jungfraugebiet, mit Übernachtung in der Berglihütte. Thomas kannte diese nur vom Hörensagen, Ernst ebenfalls, es war eine der ältesten Hütten des SAC, die heute kaum mehr benutzt wurde, unbewartet, man musste also selbst heizen und kochen, sie lag auf einem Felssporn zwischen zwei Gletschern und versprach raue Wolldeckenromantik vergangener Zeiten. Für das Essen hatte Ernst gesorgt, zwei Steaks, etwas Reis und ein paar Tomaten sowie Kaffee, Brot und Butter für das Frühstück. Thomas hätte das Seil mitgebracht, denn vom Mönchsjoch an ging es über Gletscher, sowohl zur Hütte wie tags darauf aufs Walcherhorn. Ein Alleingang kam nicht in Frage.

Das Walcherhorn war ein freundlicher Berg, 3700 Meter hoch, der Ernst jedoch ziemlich gleichgültig war, obwohl dessen Aussicht gerühmt wurde. Sein Interesse galt einzig der Berglihütte, von deren Besuch er sich irgendeine Spur erhoffte, die zu Philipp Schaefer, seiner rätselhaften Hinterlassenschaft und seinem fatalen Tod führte. Er hatte auch beschlossen, Thomas, den Rechtsanwalt, bei dieser Gelegenheit ins Vertrauen zu ziehen. Das machte dessen Absage noch enttäuschender. Doch je länger er im Zug saß, desto deutlicher merkte er, dass er *jetzt* dorthin gehen wollte, *jetzt*, und als der Kondukteur sein Billett knipste und ihm einen schönen Tag auf dem Jungfraujoch wünschte, bedankte er sich und nahm sich vor, von dort zum Mönchsjoch hinüber zu gehen und zu schauen, ob er sich eventuell einer Seilschaft anschließen könne.

Die Dame vis-à-vis senkte ihre Fürstenkinderzeitschrift und fragte ihn, ob er wirklich aufs Jungfraujoch fahre.

Ernst bejahte, und die Dame sagte, das habe ihr Mann ihr immer versprochen, aber dann sei er leider gestorben, und allein habe sie nie den Mut gehabt.

Es brauche, sagte Ernst, gar nicht viel Mut, man könne mit der Bahn hinauffahren und dann auf die Plattform hinausgehen, von der man auf den Aletschgletscher hinuntersehe und auf das Panorama der Walliser Alpen. Das sei ein schöner Anblick. Vielleicht müsste sie eine Freundin mitnehmen, aber ein Kunststück sei es gewiss nicht.

Seufzend wandte sich die Frau wieder ihren blaublütigen Schicksalen zu, und Ernst war sicher, dass sie nie auf das Jungfraujoch fahren würde.

Aber *er* fuhr dahin und mischte sich beim Umsteigen in Interlaken unter die zahlreichen Japaner und Chinesen, welche den Zug nach Lauterbrunnen bestiegen und ihn respektvoll begutachteten; im Wagen der Jungfraubahn, die von dort auf die Kleine Scheidegg fuhr, fragte ihn eine Japanerin, ob sie mit ihm zusammen auf ein Foto dürfe. Kichernd drückte ihre Begleiterin ab, und dann setzte sich auch diese neben ihn und ließ sich ablichten, Ernst war für die Asiatinnen offensichtlich ein Darsteller der schweizerischen Ureinwohner.

»Mountaineering?« fragte die eine, und Ernst nickte.

»Very high up?«

Ernst nickte erneut. »Yes, very high up.«

Damit war das Gespräch beendet.

Auf der Kleinen Scheidegg sah er beim Umsteigen in den Zug aufs Jungfraujoch ein paar andere Ureinwohner in Gebirgsausrüstung und fragte einige davon nach ihren Plänen. Alle wollten über den Aletschgletscher hinunter zum Konkordiaplatz fahren, zwei von dort noch über die Lötschenlücke, aber niemand ging in seine Richtung.

Beim Aussichtshalt in der Eigernordwand stürmten die fernöstlichen Fahrgäste zu den großen Fenstern, um beim Blick in die Tiefe zu erschauern, und Ernst, der auch gerne hinausgeschaut hätte, blieb ungerührt sitzen, um seiner Rolle als Ureinwohner gerecht zu werden.

An der Endstation wurde er nach dem Aussteigen mit dem ganzen Passagierschwarm durch Tunnels in die Halle mit Restaurant, Souvenirläden und Imbisstheken gespült und ließ sich durch die Schlangen von Japanern, die für Kartons mit Nudelgerichten anstanden, davon abhalten, ein Sandwich zu kaufen, schließlich hatte er Brot für zwei dabei, und strebte direkt der Aussichtsplattform zu, von der auch der Trampelpfad zur Mönchsjochhütte abging.

Er war schon lang nicht mehr da oben gewesen und wunderte sich, in welchem Maß auch hier der Feind des Erlebnisses, der Event, im Vormarsch war. Hundeschlittenfahrten wurden angeboten, weiter unten war ein Skilift zu sehen, und gleich neben der Plattform konnte man sich an einem Tyrolienneseil in die Tiefe sausen lassen, keine Minute verging ohne einen Lust- oder Angstschrei eines Touristen, der über die Köpfe der Schneespaziergänger hinweg raste. Das Hauptinteresse der Menschen, die aus dem Tunnel ins blendende Licht hinaustraten, schien es zu sein, einander sofort zu fotografieren, sei es mit Kameras, unförmigen Tablets oder Smartphones auf Selfiestangen. Das Grundgeräusch dazu bildete ein Gelächter, das in Wellen über die Plattform schwappte, vermischt mit den Überraschungsrufen derjenigen, die den »Top of Europe« in Halbschuhen oder Sneakers betraten, durch welche schon nach ein paar Schritten die Schneenässe eindrang.

Die Aussicht wurde weniger bewundert als besprochen; von den wenigen, die sich dem Anblick widmeten, waren vor allem Gespräche darüber zu hören, ob die Dent Blanche links oder rechts von der Dent d'Hérens stand, oder ob in der Mischabelgruppe das Täschhorn durch den Dom oder das Nadelhorn verdeckt werde. Das waren die Fragen, welche die Ureinwohner beschäftigten.

Ernst wollte so schnell wie möglich weg, und da der Schnee gut festgetreten war, schulterte er seine Skis, um sich das Montieren der Felle zu ersparen, und stapfte auf dem Pfad dem Mönchsjoch zu. Sogleich verdünnte sich das Ausflugspublikum, bald war man nur noch unter Menschen, die sich diese Schneewanderung zutrauten und dafür auch einigermaßen ausgerüstet waren, aber er sah niemanden, der mit Skis unterwegs war.

Auf dem Mönchsjoch angekommen, blickte er auf die immense Fläche des Ewigschneefeldes hinunter, durch die sich eine Skispur zog, er erkannte auch eine Spur, die zum Walcherhorn hinüber abzweigte, aber keine, die auf den Pass führte, über den es zur Berglihütte ging. Einen Moment lang überlegte er sich, ob er zur Mönchsjochhütte hinauf gehen sollte, um zu fragen, ob jemand im Sinn habe, die Berglihütte zu besuchen; vor der Hütte, die auf Stahlträgern kühn aus dem Fels heraus ragte, waren etliche Tourenskis zu sehen, und auf der vorgelagerten Terrasse sonnten sich viele Gäste. Doch als er auf seinen angeschnallten Skis dastand, war ihm klar, dass er nicht fragen ging. Er glaubte nicht daran, dass sich jemand mit demselben Ziel finden würde, und wollte sich auch keinen Warnungen des Hüttenpersonals aussetzen, die er ohnehin nicht beachten würde.

»Ich kann da hinüber«, sagte er sich, »ich kann das, klar kann ich das.« Er nahm einen Schluck Tee aus der Thermosflasche, aß schnell einen Früchteriegel und begann dann die Abfahrt auf der Skispur, vorsichtig zuerst, dann immer schneller. Es machte ihm großes Vergnügen, und er blieb erst stehen, als es ihm richtig schien, abzubiegen und eine eigene Spur zu eröffnen.

Es lag etwas Neuschnee, aber nicht so viel, dass er tief einsank, er konnte sogar einen leichten Gleitschritt anschlagen und kam bald beim Hang am Fuß der Passsenke an. Es lohnte sich nicht, die Felle aufzuziehen, er stellte die Skier quer zum Abhang und stieg vorsichtig Schritt für Schritt hinauf. Als der Schnee einmal unter ihm nachgab und er ein Stück hinunterrutschte, erschrak er, fand aber seinen Tritt bald wieder. Er war froh, dass die Brücke gehalten hatte. Oben angekommen, nahm er sein Taschentuch aus dem Hosensack und wischte sich den Schweiß ab, er zog nochmals seine Thermosflasche aus dem Rucksack und trank sie gierig halb leer, der kurze Aufstieg in der Mittagshitze hatte ihn stärker angestrengt, als er vermutet hatte.

Der Blick auf die andere Seite war überwältigend. Direkt gegenüber erhob sich die Eigersüdwand, die fast den ganzen Horizont für sich beanspruchte. Er hatte sie noch nie gesehen, und sie schien ihm abweisender als die berühmte Nordwand, sie erhob sich über dem arg zerklüfteten Eismeer wie eine Drohgebärde. Könnte diese Landschaft sprechen, dachte Ernst, würde sie »Nein« sagen.

Dennoch musste sie Menschenwege zulassen. Die Fenster und die Ausstiegspforten der Station Eismeer waren zu sehen, und von ihnen aus erreichte man im Sommer die Mittellegihütte, die sich deutlich auf der westlichen Schulter des Eigers abzeichnete.

Und ziemlich tief unter sich sah er das Dach der Berglihütte. Waren es 200 Höhenmeter oder mehr? Der abschüssige Hang, den es zu durchfahren galt, sah gutartig aus, ab und zu war er von feinen Linien durchzogen, die wie Meridiane einer Landkarte verliefen.

Er machte seine Windjacke, die er geöffnet hatte, mit dem Reißverschluss zu, zog die Handschuhe wieder an und startete zur Abfahrt. Mit vorsichtigen Schwüngen peilte er die Stellen an, die am wenigsten steil waren, suchte kleine Mulden und Dellen und achtete darauf, kein großes Tempo aufkommen zu lassen. Es ging besser, als er erwartet hatte.

Schon sah er den Felsgrat vor sich, an dessen Ende die Hütte war, als er bei einem der letzten Schwünge mit dem Talski auf einen Felsen auffuhr, der knapp unter der Schneeoberfläche verborgen war, er verlor das Gleichgewicht und stürzte vornüber. »Scheiße!« zischte er und begann sich sofort zu versichern, dass er seine Füße noch bewegen konnte und dass er weder an den Beinen noch an den Armen verletzt war. Im Liegen löste er die Bindungen, rappelte sich dann auf und legte die letzten Meter zu Fuß zurück, in jeder Hand einen Ski, die Stöcke nach sich ziehend.

Bei der Felspartie angelangt, steckte er die Skis im Schutz eines größeren Blocks in den Schnee, stülpte die Schlaufen der Stöcke über die Spitzen, ließ sie dort stehen und begann den Grat zu überklettern. Bald darauf erreichte er die Hütte, einen Holzbau, dessen Eingang man über eine kleine Terrasse erreichte, die mit einem Geländer vor dem Abgrund geschützt wurde. Sie war mit einem einfachen Schloss gesichert, das sich leicht öffnen ließ, dahinter war eine Tür mit einem oberen und einem unteren Teil, wie man es von Kuhställen kennt, ebenfalls gut zu entriegeln; Ernst öffnete beide Teile, betrat die Hütte, stieß das eine Fenster und den Fensterladen davor auf, und nun fiel genügend Licht ins Innere, dass er sich umsehen konnte.

Ein zweistöckiges Matratzenlager mit zusammengelegten Wolldecken und rot-weiß gewürfelten Kopfkissen, ein Holzherd mit Ringplatten, in die man eine der Pfannen stellen konnte, die an der Wand hingen, ein Haublock mit einem Beil, in der Ecke eine Beige mit groben Holzstücken, die es zu spalten galt, bevor sie in den Ofen passten, ein Tisch mit einer Wandbank und ein paar Stühlen, darüber ein Regal mit Kerzenständern und alten Bergbüchern.

Ernst lächelte. So mussten Alpenclubhütten früher ausgesehen haben. Dann fröstelte er, denn hier drin war schon lang niemand mehr gewesen, und es herrschte Außentemperatur. Er holte seinen Rucksack herein, legte ihn auf eine der Matratzen und begann als Erstes, den Herd einzuheizen, der zugleich der Ofen des Raumes war. Ein paar Holzspäne fanden sich in einem Korb neben dem Herd, auch einige uralte Ausgaben des »Berner Oberländers«, von denen er zwei Seiten zerknüllte, aber dann musste er ein paar Holzscheite spalten, schob die zerkleinerten Stücke über Zeitungen und Späne, erschrak einen Moment, als er merkte, dass er keine Streichhölzer bei sich hatte, die hätte Thomas, der Raucher, mitgenommen, doch er entdeckte welche in einer Schublade, und als nun ein Feuer knisterte, wusste er zwar, dass es länger dauern würde, bis sich die Hütte auch nur um ein paar Grad erwärmen würde, aber trotzdem begann er sich darauf zu freuen, in dieser Klause am Ende der Welt eine Nacht zu verbringen.

15

Die Reise nach Bobbio dauerte länger, als Haimo erwartet hatte. Kero, der schon einmal dort gewesen war, hatte von fünf bis sechs Wochen gesprochen, aber der war wohl allein unterwegs gewesen und nicht mit einer Frau und einem störrischen Esel.

Am Rhein entlang aufwärts gelangten sie nach Curia, wo sie in einer bischöflichen Pilgerherberge Unterkunft fanden. Haimo erkundigte sich bei den Säumern, die am Ufer der Plessur ihre Ställe hatten, nach dem besten Weg über die Alpen, und ein junger Maultiertreiber empfahl ihnen den Septimer- oder den Julierpass, anerbot sich auch, sie zu führen, wenn sie ihm bei der Pflege seiner sechs Maultiere behilflich seien. Obwohl Maria das Angebot des Säumers nicht ganz geheuer war, stimmte Haimo zu, und sie mussten drei Tage warten, bis ein Händler die 12 Ballen mit Biber- und Otterpelzen aus Straßburg brachte, die Reto, der Säumer, nach Clavenna bringen sollte, um sie dort gegen 12 Fässer Wein einzutauschen. Am vierten Tag half ihm Haimo in der Morgenfrühe, den Maultieren die Bündel aufzubinden, und sie zogen los, Reto an der Spitze und hinter der Kolonne der sechs Maultiere Maria auf dem Esel und Haimo nebenher.

Auf Landstraßen und Fahrwegen ging es zuerst weiter am Rheinufer entlang, dann auf schmäler werdenden Pfaden über Abhänge, die in Schluchten mündeten, an kleinen Siedlungen vorbei langsam in die Höhe. Reto kannte die Höfe mit Stallungen für Säumer und ihre Tiere, sie schnallten in einem solchen Gehöft den Maultieren jeweils die Stoffballen ab, Maria striegelte sie und führte sie zu den Futterkrippen, und die drei konnten die Nacht in einem Lager auf Strohsäcken verbringen. Wieso keine Säumer von Süden da seien, fragte Reto den Gastwirt am zweiten Abend, und der sagte, letzte Woche habe ein großer Schneefall die Passübergänge wieder zugedeckt, man habe sogar von Lawinen gehört.

So warteten sie in Bivio nochmals drei Tage in einer Herberge, und als Reto am vierten Tag eine Kolonne sah, welche über den Julierpass kam und eine Spur durch den Schnee legte, fand er, nun könnten auch sie es wagen.

Haimo und Maria trugen beide nur Sandalen und wickelten Tuchlappen um ihre Füße, trotzdem drang die kalte Nässe bald auf ihre Haut, als sie die Maultiere und ihren Esel über den Pass trieben, und als sie bei Einbruch der Abenddämmerung eine Säumerstallung im Engadin erreichten, mussten sie sich gegenseitig fast eine Stunde die Füße warm reiben und litten große Schmerzen beim Auftauen ihrer halb erfrorenen Zehen.

Der Abstieg über den steilen Malojapass auf einem

schlechten, teils mit festgetretenem, glitschigem Schnee bedeckten Saumpfad stellte sie vor neue Probleme, und nachdem sie sich endlich in Clavenna von Reto verabschieden konnten und am Ufer des Comersees ein Schiff besteigen wollten, merkte Maria, dass ihre restlichen Silbermünzen weg waren. Ihr Verdacht fiel sofort auf Reto, dem sie nie getraut hatte. Ihm hatten sich bei den Übernachtungen genügend Gelegenheiten geboten, ihren Beutel zu leeren. Haimo dachte daran, nochmals umzukehren und ihn zur Rede zu stellen, sah dann aber zerknirscht davon ab; Maria allein warten zu lassen, war ihm zu unsicher, und wenn er mit ihr zusammen zurückginge, würden sie Reto wohl nicht mehr einholen, denn Haimo hatte ihm im Kaufmannslager geholfen, die Weinfässer auf den Maultieren zu befestigen, und sie hatten ihm gewunken, als er sich auf den Weg zurück gemacht hatte. Das war gestern Nachmittag gewesen, und Haimo hatte sich gewundert, dass er so rasch wieder aufbrechen wollte. Sie hatten in einer Pilgerherberge des Klosters eine Unterkunft gefunden, und da Maria sehr erschöpft war, waren sie erst am nächsten Morgen aufgebrochen.

Die Wegstrecke nach Comum mussten sie zu Fuß zurücklegen, was vor allem Maria sehr enttäuschte, die sich auf die Schifffahrt gefreut hatte. Jedesmal, wenn ein Segel auf dem See auftauchte, das zu einer Barke gehörte, auf der Menschen saßen, deren vergnügte Gesänge von den Bergen auf beiden Seiten widerhallten, blieb sie stehen und schaute sehnsüchtig auf das Wasser hinaus.

Da sie nun gänzlich ohne Münzen waren und nicht jeden Tag ein Hospiz oder eine Kirche am Weg stand, wo Haimo als Benediktiner hätte anklopfen können, mussten sie von jetzt an gelegentlich eine Arbeit annehmen, damit sie zu essen bekamen. Sie halfen etwa einem Bauern beim Heuen oder einem Ledergerber beim Abschaben der Häute, eine Arbeit, die Maria von ihrem Vater kannte, einmal konnte Haimo auch seine Fähigkeiten als Schreiber anwenden, als er für ein kleines Kloster ein Urbar abschrieb, das dieses dem Statthalter König Karls abliefern musste.

Seit Kurzem gehörte das langobardische Reich, in dem sie sich nun bewegten, zum Frankenreich von König Karl, ab und zu kamen sie an Brandruinen von Häusern, Höfen oder Burgen vorbei, welche an die Kämpfe zwischen den Langobarden und Franken erinnerten, und an der Spitze eines Trupps von Soldaten, den sie einmal kreuzten, ritt ein Standartenträger mit der Adlerfahne voran.

Es war nicht immer leicht, den jeweiligen Beherbergern begreiflich zu machen, wieso ein Mönch mit einer Frau zu Gange war, und Haimo hatte sich verschiedene Versionen zurechtgelegt. Maria sei, lautete eine, einem fränkischen Hauptmann versprochen, der auf Befehl des Königs die nächsten Jahre in der eroberten langobardischen Hauptstadt Pavia bleiben müsse, und man habe sie ihm, Haimo, anvertraut, da er das Kloster Bobbio aufsuchen müsse. Er habe sie, so lautete eine andere, am Julierpass mitgenommen, da sie mit ihrem Vater in eine Lawine geraten sei und allein überlebt habe, ihr Vater sei mit ihr auf dem Weg nach Rom gewesen, wo dessen Bruder ein hohes Amt in der päpstlichen Verwaltung bekleide. Bei dieser Angabe konnte er auch die Spuren der Frostbeulen an Marias Füßen vorweisen. Sie sei ein Waisenkind aus Curia, das nach dem Tod beider Eltern zu ihrem Onkel wolle, der je nachdem in Mediolanum, Pavia oder Placentia wohnte, war eine weitere Variante. Maria bereitete es keine Mühe, bei den Schilderungen dieser Schicksale, die sie sich jedes Mal aufs Neue vorstellte, die Tränen aus ihren schönen blauen Augen fließen zu lassen und damit weitere Fragen abzuwenden.

Und so kamen sie langsam vorwärts nach Süden, sie schwitzten in der Sommerhitze der Poebene und waren dankbar, als sie bei Placentia die ersten Wälder des Apennins erreichten. Ein Mönchsbote, der ebenfalls nach Bobbio unterwegs war, zeigte ihnen eine leerstehende Behausung in der Nähe des Flusses Trebia, wo sie eine Nacht verbringen konnten. Als Haimo und Maria um Mitternacht aus dem Schlaf auffuhren, weil sie das Heulen von Wölfen hörten, bekreuzigte sich der Mönch und sagte, sie müssten sich nicht fürchten, das seien bloß Hannibals Elefanten, die hier bei der Schlacht gegen die Römer an der Trebia ums Leben gekommen seien und die bei Vollmond ihren Tod beklagten. Das beruhigte sie allerdings kaum, vor allem Maria fürchtete sich umso mehr – Wölfe wären ihr lieber gewesen.

Sie wanderten nun auf einem Uferpfad durch das Tal des Flusses Trebia, das immer hügeliger wurde, und nach drei Tagen erblickten sie, bei einer Insel um eine Biegung des Flusses kommend, an einem sanften Abhang unterhalb eines Waldes, das Kloster Bobbio.

Haimo stieß einen Jauchzer aus, worauf der Mönchsbote erschrocken seinen Finger an die Lippen legte und ihm damit klarmachte, dass man sich dem Schweigegebot des Klosters näherte.

Zu reden gab es dann doch.

Haimo wurde vom Abt Anastasius willkommen geheißen, nachdem er ihm Sigidos Breve vorgelegt hatte. Am »Abrogans« zeigte er großes Interesse, lobte seine schöne Schrift und war durchaus bereit, Haimo das Buch ihres Klostergründers Columban über die Buße abschreiben zu lassen und damit der Bitte des Abtes von Weltenburg zu entsprechen.

Was Maria betraf, so ließ sich ihre Weiblichkeit inzwischen nicht mehr verbergen, sie war zu einer hübschen jungen Frau herangewachsen, ihr Gesicht umrahmten rötliche Locken, und seit sie ein Kindlein gestillt hatte, wölbten sich auch ihre Brüste unter dem Vortuch.

Haimo hatte sich für die Version mit der Lawine am Julier entschieden, erzählte dem Abt auch, dass er nach seinem Aufenthalt hier nach Montecassino weiterziehen müsse und Maria bis nach Rom das Geleit geben könne.

Nahe bei der Abtei befand sich ein Haus mit einer Gemeinschaft frommer Frauen, welche dem Kloster zudienten, indem sie Kukullen und Tuniken für die Mönche sowie Altartücher und Stolen für die Messe webten, Verzierungen stickten, eine Wäscherei betrieben und auch ein kleines Siechenhaus unterhielten. Dort wurde Maria ohne Weiteres aufgenommen und konnte sich durch ihre Kenntnisse in der Krankenpflege nützlich machen, die sie sich in St. Gallen angeeignet hatte.

Haimo sah sie allerdings in den nächsten Monaten nicht

mehr, denn er durfte das Kloster während seines Aufenthalts nicht verlassen. Das Skriptorium war gut doppelt so groß wie dasjenige von St.Gallen, über ein Dutzend Schreibpulte gab es da, in einem Raum, durch dessen ungewöhnlich große Fenster genügend Licht einfiel. Fast alle waren von Mönchen besetzt, und es war nichts zu hören als das Kratzen von Federkielen auf Pergament. Auch die Bibliothek war eher größer als diejenige in St.Gallen, und Bruder Guinibaldo, der sie beaufsichtigte, führte ihn zu den allerersten Büchern, denjenigen, die der Klostergründer Columban noch selbst verfasst hatte, zog sorgfältig einen Quartband heraus, küsste ihn, ging dann mit Haimo in die Schreibstube, legte den Band auf das Pult und schlug ihn auf.

»Lege!« sagte er zu Haimo.

Haimo las: »Poenitentiale«, und alle andern Schreiber blickten auf und drehten ihre Köpfe zu ihm, fast erschrocken, wie es Haimo schien.

Guinibaldo nickte.

»Scribe!« sagte er und hielt den Zeigefinger an seine Lippen.

Haimo fragte leise, ob er das Werk auch im kleineren Oktavformat abschreiben dürfe wie den »Abrogans«, da er es nachher mit auf die Wanderschaft nach Montecassino und zurück nach Weltenburg nehmen müsse.

Guinibaldo überlegte einen Augenblick, ging dann zu einem großen Schrank, nahm einen Pergamentbogen hervor, der bereits in Oktavfelder eingeteilt war, und überreichte ihn Haimo stillschweigend.

»Gratias, frater«, murmelte Haimo, spitzte dann den

Gänsekiel auf seinem Pult etwas zu und begann darüber nachzudenken, wie er die P-Majuskel ausschmücken sollte. Gerne hätte er auch nach farbiger Tinte gefragt, hielt es aber für besser, auf die Nachbarpulte zu schielen, denn es war ihm rasch klar geworden, dass das Sprechen hier noch verpönter war als in St.Gallen oder Wessobrunn.

Um den Lektor, der während jeder Mahlzeit aus der Heiligen Schrift vorlas, nicht zu stören, war es bei Tisch strengstens verboten, mit Worten um eine Speise zu bitten, die man mit den eigenen Händen nicht erreichte. Damit man trotzdem zu seiner Sache kam, hatte man dafür eine Gebärdensprache entwickelt. Presste man die Hände aneinander, bat man um den Käse; damit einem der Fisch gereicht wurde, deutete man Schwimmbewegungen an, und die Hand an der Gurgel hieß: Bitte den Essig!

Damit man auch beim Rasieren nicht miteinander sprach, saß man sich auf zwei Bänken gegenüber und rasierte sich gegenseitig, aber die, welche die Klinge führten, mussten dazu unablässig Psalmen singen, während die andern stumm ihre eingeseiften Kinne und Wangen hinhalten mussten.

Haimo fiel es nicht leicht, sich in die strengen Regeln einzufügen, er merkte, wie sehr er sich an das freie Leben eines Wandermönchs gewöhnt hatte und welche Freude es ihm machte, Wörter nicht nur zu schreiben, sondern sie auch zu benutzen, und vor allem, wie sehr er Maria vermisste. Hat denn Gott, fragte er sich manchmal, Adam nicht Eva gegeben, damit er nicht allein sei? Und hörte man nachts im Dormitorium manchmal nicht den einen oder anderen confrater ächzen, weil die Natur ihr Recht einforderte? Wieso sollte das des Teufels sein?

Und Augustinus, dessen »Confessiones« er in Wessobrunn abgeschrieben hatte, war mindestens vor seinem Wandel in den Genuss dessen gekommen, was er dann Sünde nannte.

Vielleicht würde er ja in Columbans Werk über die Buße etwas mehr darüber erfahren, aber er sehnte sich vom ersten Tag an danach, mit seiner Abschrift bald zu Ende zu kommen und mit Maria weiterzuziehen.

16

Ernst saß auf der Bank am Tisch, der am nächsten beim Ofen war, und lehnte sich an die Wand. Er hatte eines der mitgebrachten Steaks gegessen, es war ihm zwar etwas angebrannt, weil er vergessen hatte, Öl mitzunehmen, der Reis, den er im Schneewasser in der zweiten Pfanne gekocht hatte, war nicht ganz gar geworden, und auch die Tomate, die er noch hineingeschnetzelt hatte, war nur halbwarm gewesen, aber irgendwie passte das zu einer Mahlzeit in diesem Rahmen.

Neben ihm lag das Hüttenbuch, in dem er geblättert hatte, der letzte Eintrag war drei Wochen her, der einzige in diesem Jahr, ein Oberländer Bergführer war mit einem Basler Ehepaar hier gewesen und hatte als Ziel das Walcherhorn angegeben. Eröffnet worden war das Buch 1990, also Jahre nach dem Besuch Philipp Schaefers, wenn er denn überhaupt hier gewesen war. Er selbst hatte sich noch nicht eingeschrieben und wusste auch nicht, ob er das tun sollte. Wen ging das schon etwas an?

Er hatte noch einen Flachmann mit Kirsch dabei, der neben dem Teller stand, aber er beschloss, erst vor dem Schlafengehen einen Schluck daraus zu nehmen. Dann stand er auf, brachte seinen Teller und das Besteck zum Herd, griff sich eine Pfanne und ging damit hinaus, um noch etwas Schnee für Abwasch- und Teewasser zu holen. Gleich hinter der Hütte lag unterhalb des Grates ein kleines Schneefeld, aus dem er sich schon für das Reiswasser bedient hatte. Wieder war er erstaunt über die Lage dieser Hütte auf der äußerst schmalen Felsbastion zwischen den Gletschern, die wie zwei gefrorene Wasserfälle links und rechts von ihr in die Tiefe stürzten. Er versuchte sich die Bergführer, Träger und Maultiere vorzustellen, die vor über hundert Jahren das ganze Material dem Spaltengewirr zum Trotz hier herauf geschleppt hatten, Holzbalken, Türen, Ofen und Fenster, und die Zimmerleute und Handwerker, die nachher die Holzhaufen in eine Hütte verwandelten. Dann blickte er zum Schreckhorn hinüber, dessen Gratwände in ein kupferrotes Abendlicht getaucht waren und ihn an Bilder aus dem Hoggar- oder dem Atlasgebirge erinnerten, wo er nie gewesen war. »Dschebel-el-Schrek!«, rief er laut und lachte. Ein bisschen erschrak er dabei über seine eigene Stimme.

In der Hütte war es schon so dunkel, dass er sich die Stirnlampe über den Kopf zog; er legte noch einige Holzscheite nach und kochte das Wasser für den Tee auf, den er sich in einem Krug zubereiten wollte. Er warf zwei Pfefferminz- und zwei Hagebuttenteebeutel hinein und ließ sie zehn Minuten ziehen. Dann schenkte er sich eine Tasse ein, und da er eine gefüllte Vorratsdose gefunden hatte, gab er auch noch einen Löffel Zucker dazu. Das heiße Getränk tat gut, ihm war kalt, sobald er nur ein paar Schritte vom Ofen weg tat. Das Nachtlager hatte er sich schon zurechtgemacht, es bestand aus vier übereinander gelegten Wolldecken, und zwei waren als Reserve daneben. Am Tisch sitzend, dachte er darüber nach, was er morgen tun wollte.

Es wäre gut, möglichst früh wieder zum Pass aufzusteigen, bevor die Sonne den Schnee und vor allem die Schneebrücken über den Gletscherspalten aufweichte, und dann das Walcherhorn links liegen zu lassen und zum Mönchsjoch zurück zu queren. Jacqueline hatte ihm die Weckfunktion auf dem Handy gezeigt. Er schaltete es ein und war verblüfft, als er eine Nachricht vorfand, er hatte als selbstverständlich angenommen, dass diese gottverlassene Fels- und Eiswüste ein ebenso gottverlassenes Funkloch war.

»Wünsche euch beiden eine gute Nacht, J.«, las er auf dem Display und war gerührt. »Gleichfalls«, tippte er ein, fand dann aber, das könne man so nicht sagen, Jacqueline verbringe ja hoffentlich die Nacht allein, löschte das Wort wieder und schrieb »Das wünsche ich dir auch. Gruss von hoch oben, E.«, drückte auf »Senden«, und die Nachricht sauste zur Hütte hinaus, wurde über den Gletscher die Nordwand des Fiescherhorns hinauf in den Himmel katapultiert, erwischte dort einen Satelliten auf seiner Umlaufbahn, der sie sofort wieder hinunter zur Erde spedierte, wo sie punktgenau im Hotel Rigi Kulm landete und dies Ernst mit »Nachricht zugestellt« meldete.

Die SMS hatte Ernst daran erinnert, dass er ja vorgehabt hatte, mit Thomas in dieser Hütte zu sein und ihm die Geschichte zu erzählen, in die er sich verstrickt hatte.

Eigentlich war ihm gar nicht klar, was er hier allein überhaupt wollte. War es denn von Bedeutung, ob der Einzelgänger Philipp Schaefer vor über dreißig Jahren von hier oder von der Station Eismeer aus losgefahren war? Feststellen ließ sich das nicht mehr, und für den tollkühnen Tourenfahrer war es damals so oder so eine Fahrt in den Tod. Einzig das Blatt aus dem Liederbuch ging ihm immer wieder durch den Kopf. Ein Deutscher wickelte eine wichtige Hinterlassenschaft in ein Blatt mit einem alten schweizerischen Mundartlied ein:

Uf em Bergli bin i gsesse,
chönnt i numme wieder hi.

War das ein Zufall? Oder eine Nachricht? Eine solche Seite lag ja nicht einfach in einem Haushalt herum, die musste man aus einem Buch herausreißen, vorsätzlich. Ernst hatte sich dafür entschieden, dass es kein Zufall war, sonst wäre er wohl nicht hergekommen. Aber worin die Nachricht bestand, blieb ihm verborgen.

Als er auf die Toilette ging, die wie angeschraubt an einer Felswand klebte und von der sich eine bräunliche Spur bis zum Rand des Gletschers hinunterzog, sah er, dass der Mond über dem Schreckhorn aufgegangen war. Er war zunehmend, war aber schon mehr als halb voll. Sein kühles Licht machte die Gletscher und die umliegenden Schneegipfel noch weißer, es fiel auch durch das Fenster der Hütte, und Ernst konnte seine Stirnlampe löschen, schenkte sich nun ein kleines Glas Kirsch ein und trank es in langsamen Schlucken. Es wärmte ihn für die nächsten Minuten, die er dazu benutzte, die Weckzeit in sein Handy einzugeben,

04:00, noch schnell zwei Holzscheite im Ofen nachzulegen, die Hosen, die Jacke und den Pullover auszuziehen und dann in sein Nachtlager zu kriechen, wo er schon sehr bald einschlief.

Er erwachte von einem Krachen und brauchte einen Moment, bis er wusste, wo er war. Ein Eisabbruch auf einem Gletscher, dachte er dann, das konnte jederzeit passieren, dazu war keine Sonneneinstrahlung notwendig. Ernst blickte auf die Uhr, es war kurz nach Mitternacht, drehte sich auf die andere Seite – und erstarrte.

In der Ecke der Hütte, neben den Holzvorräten, das war im einfallenden Mondlicht deutlich zu sehen, stand ein Mann, der ihm den Rücken zugewandt hatte, und machte sich an einem der Regale zu schaffen, auf denen Dosen mit Zucker und Salz und einige Küchengeräte standen. »Ruhig bleiben«, sagte sich Ernst, der am ganzen Körper zu zittern begann, »nur ruhig bleiben«. So langsam und leise wie möglich begann er sich auf seinem Nachtlager aufzurichten, ohne den Eindringling aus den Augen zu lassen. Dass Berggänger eine Hütte erst in der Nacht erreichten, kam immer wieder vor, sie waren entweder zu spät aufgebrochen oder hatten auf ihrer Tour unerwartete Schwierigkeiten angetroffen. Bloß, wieso hatte er den da nicht kommen hören? Schließlich knarrte der Boden bei jedem Schritt, und die Tür quietschte beim Öffnen wie in einem alten Hörspiel. Auch die Lautlosigkeit, mit der er irgendetwas an der Wand verrichtete, war befremdend.

»Guten Abend!«, sagte Ernst schließlich, als er vor seinem Wolldeckenlager stand. Er zündete die Stirnlampe an, richtete sie auf den späten Gast und fragte ihn: »Soll ich dir eine Suppe machen?« Der andere ließ eine Holzlatte fahren, die mit einem trockenen Geräusch auf die Täfelung schnellte, drehte sich um und schaute Ernst erstaunt an. Er war bleich und hatte den Mund leicht geöffnet.

»Dauert nicht lang, Glut ist sicher noch genügend da«, sagte Ernst, öffnete die Ofentür und blickte auf rot glühende Holzreste, aber als er den Blick wieder hob, war der andere verschwunden.

Ungläubig machte Ernst ein paar Schritte auf die Wand zu, vor der eine Treppe in einen kleinen oberen Raum führte. Er stieg einige Stufen hinauf und leuchtete ihn mit der Lampe aus, aber außer ein paar Matratzen war da nichts und niemand, er ging wieder hinunter, trat vor die Tür und rief »Hallo!« in die Mondnacht hinaus. Von weither kam ein schwaches »Hallo!« zurück, das nur sein eigenes Echo sein konnte. Jetzt schrie er, so laut er konnte, ein zweites »Hallo!«, und es kam etwas stärker als vorher von den Wänden des Fiescherhorns zurück.

Schaudernd betrat Ernst die Hütte wieder, er fror bis ins Knochenmark, blieb am Tisch stehen, trank hastig den halben Flachmann aus, schob noch etwas Holz in den Ofen und verkroch sich dann in sein Nest, in dem ihn seine eigene Wärme empfing. Er schaute noch ein paarmal in die Ecke, der Kirsch hatte ihn schwindlig gemacht und jagte seine Gedanken auf ein wildes Karussell, das sich zu einer Leierkastenmelodie von »Uf em Bergli bin i gsesse« immer schneller drehte, bis er schließlich verstört wieder einschlief.

Das Piepsen und Quäken, das ihn, verbunden mit wechselnden Lichtsignalen, um vier Uhr weckte, war sein Handy, er griff danach, drückte auf »Stopp« und wurde dann gefragt, ob er das Telefon einschalten wolle. »Nein«, wählte er, denn wen sollte er um diese Zeit schon anrufen. Dann schaltete er die Stirnlampe ein, setzte sich auf und rieb sich die Schläfen. Er hatte Kopfweh. Er zog sich Hosen und Pullover an und schlüpfte in die unsäglichen Hüttenholzschuhe, die ihm etwas zu groß waren.

Im Ofen war vom mitternächtlichen Nachlegen noch eine Glut vorhanden, er legte ein paar Späne darauf, und, als sie zu flackern begannen, ein paar kleinere Holzscheite. Auf den Herd stellte er eine Pfanne mit Wasser, nicht ohne noch einmal in die Ecke zu blicken. Dann trat er aus der Hütte und pisste zwischen dem Geländer der schmalen Hüttenterrasse in die Tiefe. Es war noch dunkel. Der Mond war untergegangen.

Drinnen legte er die Wolldecken zusammen, nahm das Brot, die Butter und das Kaffeepulver aus dem Körbchen, in dem er sie aufbewahrt hatte, wartete, bis das Wasser Blasen trieb, schenkte sich eine Tasse ein, rührte das Pulver um, gab einen Löffel Zucker dazu, schnitt sich ein Stück Brot ab und bestrich es mit Butter. Den Kaffee hätte er in jedem Restaurant zurückgewiesen, aber er trank mit Andacht Schluck für Schluck, aß dazu sein Brot und dachte über das nächtliche Erlebnis nach.

Er glaubte nicht an Gespenster oder Geister, und doch wuchs in ihm die Einsicht, dass es nichts anderes sein konnte, was ihm begegnet war. Nie hätte er gedacht, eine Erscheinung könne derart leibhaftig sein. Keine Sekunde hätte er vermutet, dass der Mann, der sich in der Ecke nach ihm umgedreht hatte, nicht aus Fleisch und Blut sein könnte, er hatte nichts Durchscheinendes oder Unkörperliches, er hatte sogar einen Schatten geworfen, als er im Schein von Ernsts Lampe stand. Oder täuschte er sich? War da tatsächlich ein Schatten gewesen? Oder war er vom Mondlicht, das ja immer etwas Unwirkliches hatte, neutralisiert worden?

Gesprochen hatte er nichts, der Mann, aber ein Geräusch hatte er verursacht, eines, das bestimmt nicht von Ernst stammte, nämlich das einer Holzlatte, die auf ein anderes Holz traf. Ernst stand auf und ging zur Ecke, in welcher der unheimliche Gast gestanden hatte. Er stellte sich vor das Regal und stellte die Dosen und Küchengeräte auf den Boden. Dann prüfte er sorgfältig die Täfelung, die aus einfachen Holzlatten gemacht war. Alle Latten waren fest, bis auf eine, die sich etwas anheben ließ. Als er mit der Stirnlampe in den Hohlraum dahinter leuchtete, sah er ein Büchlein. Er nahm es heraus, hielt die Latte immer noch fest und las auf dem halb abgelösten Aufkleber des Umschlags:

Ph. Schaefer

1943/44/45

Mit einem kleinen Knall schnellte die Latte auf die Täfelung zurück.

17

Es war ein sonniger Montagmorgen im September, als Haimo zusammen mit dem Schreiber Guinibaldo beim Abt Anastasius vorsprach. Er legte ihm seine Abschrift von Columbans Mönchsregeln mit dem Bußbuch vor, und Guinibaldo trug das Exemplar des »Abrogans« bei sich, das seine Skriptoren erstellt hatten.

Anastasius nahm das Buch in die Hand, blätterte etwas darin, nickte anerkennend und hob dann den Kopf.

»Du willst nicht bei uns bleiben?«

Guinibaldo reckte seinen dünnen Hals vor und blickte Haimo von der Seite aufmunternd an.

Haimo schüttelte den Kopf.

»Frater Abba, ich soll den ›Abrogans‹ den Brüdern in Montecassino bringen.«

»Und die Regeln unseres Klostergründers?«

Der Abt legte das Buch wieder auf den Tisch.

»Die bringe ich nach Weltenburg zurück. Abt Sigido möchte erfahren, was der Heilige Columban über die Buße geschrieben hat.«

Anastasius seufzte leise.

»Viel hat er geschrieben. Und streng sind seine Bußen für diejenigen, die vom Weg der Kreuzesnachfolge abweichen.«

Haimo atmete tief ein. Das hatte er nicht nur abgeschrieben, sondern auch selbst erfahren.

Nach seiner Niederschrift des Satzes »Es wird angeordnet, jenen, der zu Beginn eines Psalms durch Husten nicht gut gesungen hat, mit 6 Schlägen zu bessern« bekam er aus lauter Furcht, dies könnte ihm passieren, beim nächsten Psalmengesang einen Hustenanfall, was ihm prompt 6 Stockschläge eintrug, die ihm der Senior der Sänger auf den Hintern verpasste. Sie schmerzten ihn noch mindestens eine Woche, wenn er sich an sein Schreibpult setzte.

Kaum waren die Schwellungen abgeflaut, verpetzte ihn Mainardo, einer der älteren, stets übel gelaunten Schreiber, beim Abt, weil er nach Beendigung eines Abschnitts erleichtert gerufen hatte: »Gelobt seien die Bußen!« Das galt als müßiges, unnützes Wort und wurde mit 12 Stockschlägen geahndet. Dann lieber sich während der 12 Mitternachtspsalmen der Länge nach am Boden der Kirche ausstrecken, ohne ein Glied zu rühren, wenn man, wie ihm das versehentlich geschehen war, ein Tintenfass verschüttet hatte.

Mit Schaudern hatte er auch beim gemeinsamen Bad den Rücken Bertulfs gesehen, der vor der Klosterpforte mit einer Marketenderin gesprochen hatte und dafür mit 100 Rutenstreichen büßen musste. Dieser Anblick hatte ihn von jedem Versuch abgehalten, Maria zu treffen. Umso sehnlicher hatte er den Moment erwartet, in dem er nach Montecassino aufbrechen durfte.

Und umso tiefer war seine Enttäuschung, als ihm der Abt mitteilte, Maria sei schon vor einer Weile einer Gruppe von Wallfahrern nach Rom mitgegeben worden, damit sie dort bei ihrem Onkel vorsprechen könne.

Er hatte immer als selbstverständlich angenommen, dass er mit ihr zusammen weiterziehen würde, aber nun wurde ihm mit einem Male klar, wie dumm das von ihm gewesen war. Hatte er nicht selbst die Regel Columbans abgeschrieben, wer einen Sohn gezeugt habe, tue 7 Jahre Buße bei Wasser und Brot, und wer Unzucht mit Frauen getrieben habe, müsse dies mit 3 Jahren abbüßen? Wie konnte er nur so arglos sein zu glauben, das alles werfe keinen Schatten auf ihn und Maria? Für einen Mönch waren die Frauen des Teufels. Was ihm als natürlich vorkam, galt, wenn man ein Leib mit Christus sein wollte, als widernatürlich.

Haimo schloss die Augen, und im Kopf stiegen alle Bußen auf, die für die fleischlichen Sünden ausgesprochen wurden, und die Büßer schwenkten die Pergamente, auf denen sie geschrieben standen und führten damit einen wilden, ausgelassenen Tanz auf, und Weiber wackelten mit ihren Ärschen und wippten mit ihren Brüsten, und Esel tanzten mit, denn auch in ihre Öffnungen stießen lüsterne Mönche ihre erregten Glieder, und die Bußen stünden nicht im Buch, wenn alle diese Taten nicht wirklich begangen würden, von Brüdern, unter deren Kukullen ihr irdischer Leib aufstand, während aus ihren Kehlen verzweifelt die Psalmen erschallten, die diesen Leib abtöten sollten.

»Du kannst gehen.«

Die Stimme des Abtes schreckte Haimo auf.

Er schickte sich bereits zum Gehen an, dann drehte er sich nochmals um und fragte:

»Und mein Esel?«

Der Abt fuhr auf.

»Wer Mein oder Dein sagt, wird womit bestraft?«

Haimo senkte den Kopf. »Mit sechs Schlägen.«

»Sie seien dir erlassen«, sagte der Abt, »da du im Begriff bist, uns zu verlassen. Der Esel gehört dem Kloster, dessen Gast du warst. Gott und der Heilige Columban seien mit dir.«

»Deo gratias«, murmelte Haimo und verließ die Abtzelle, gefolgt von Guinibaldo. Als er diesem an der Pforte zum Abschied die Hand geben wollte, zog sie Guinibaldo erschrocken zurück, und Haimo kam in den Sinn, dass auf Hände halten 6 Stockschläge standen.

Er verbeugte sich vor seinem Schreiber und sah einen Schimmer in dessen Augen. Dann hob er die Hand, schritt durch die Pforte, verbeugte sich auch zum beleibten Pförtner hin, der ihm ein schiefes Lächeln schenkte, und machte sich, eine lederne Büchertasche über der linken Schulter, und eine Proviantasche über der rechten, auf nach Montecassino.

Er musste auf dem Weg, den er im Frühjahr gekommen war, zuerst ein Stück weit zurück wandern, bis er wieder auf die Pilgerstraße nach Rom gelangte, die er in Placentia verlassen hatte. Wie viel fröhlicher und zuversichtlicher war er doch vor ein paar Monaten diese Strecke in die andere Richtung gegangen.

Beim Gedanken an das, was man mit Maria gemacht

hatte, packte ihn eine verzweifelte Wut. Es war ganz klar, dass ihn Anastasius dafür bestrafen wollte, dass er als Mönch mit einer Frau unterwegs gewesen war. Und es war ebenso klar, dass der Abt ahnte, dass es weder einen Vater gab, der in einer Lawine umgekommen war, noch einen hochstehenden Onkel, der sie in Rom erwartete. Umso niederträchtiger, Maria ohne seinen Schutz nach Rom zu schicken, wo sie niemanden kannte und nicht wusste, welchem Schicksal sie entgegenging.

Und wer mochten die Wallfahrer sein? War es eine Gruppe, oder waren es bloß zwei? Wallfahrten waren auch eine Form der Buße, die einem für schwere Versündigungen auferlegt wurden, und wer genügend Mittel hatte, konnte einen anderen an seiner Stelle schicken und sich damit von der Buße loskaufen. Haimo hatte schon mehr als einen Berufswallfahrer getroffen, und es waren meistens grobschlächtige Gesellen, den Fuhrleuten nicht unähnlich, Menschen jedenfalls, gegen die ein gesundes Maß an Misstrauen angebracht war. Und wie konnte sich Maria ihnen gegenüber aus der Lüge mit dem Bruder ihres Vaters stehlen?

Der Weg nach Montecassino führte über Rom, sein nächstes Ziel war also die Ewige Stadt, und er war entschlossen, Maria in Rom zu suchen. Von Placentia aus wand sich die Pilgerstraße bald die steilen Hänge des Apennin zum Mons Langobardorum hoch, dem Pass, von dem aus man dann in die Täler Tuskiens hinunterstieg. Ab und zu säumten Klöster den Weg, die Herberge für die Reisenden anboten, und vorsichtig begann er nach zwei oder drei Wallfahrern zu fragen, die eine Frau bei sich gehabt hätten. Fragte man ihn zurück, gab er an, die Frau sei seine Schwester, von welcher er in den Alpen durch einen Lawinenniedergang getrennt worden sei, aber niemand wollte sich an eine solche Gruppe erinnern, zu viele Pilger kämen hier vorbei, hieß es öfters.

Einzig im Hospiz Sancta Maria auf dem Mons Langobardorum sagte ihm der Pförtner, vor ein paar Wochen seien zwei Wallfahrer mit einer Frau da gewesen, die ihm anvertraut habe, sie heiße auch Maria und wolle wieder zurück, wo sie hergekommen sei, aber da die beiden Wallfahrer nichts davon wissen wollten, habe er ihr nicht helfen können. Ob es Berufler gewesen seien, fragte Haimo weiter, und der Pförtner nickte.

Die Schilderung schmerzte Haimo sehr, aber wenigstens wusste er nun, dass sie diesen Weg gegangen war und somit mit einiger Wahrscheinlichkeit in Rom sein dürfte. Wie er sie allerdings in einer großen Stadt mit Tausenden von Einwohnern auffinden sollte, wusste er nicht, doch allein die Aussicht, dass sie dort sein könnte, gab ihm zunächst einmal etwas Hoffnung.

Wo keine kirchliche Unterkunft zu finden war, half Haimo bei der Apfelernte oder bei der nun einsetzenden Weinlese mit, um zu einem Nachtlager und zu Speis und Trank zu kommen. Aber sein Wunsch war, möglichst bald in Rom einzutreffen, um die Suche nach Maria aufzunehmen, um die er sich große Sorgen machte, gab es doch dort, wie er wusste, Sklavenhändler, die Menschen ruchlos verkauften, sei es an römische Reiche oder an Händler aus dem Orient, und was ihm der Pförtner im Hospiz von den Berufswallfahrern erzählt hatte, verhieß nichts Gutes.

Er erreichte die Marmorbrüche von Luna, konnte auf der Präfektur in Lucca einen Kaufvertrag mit einem Benediktinerkloster abschreiben, pries sich auf dem Marktplatz von Saena als Skriptor an und wurde von einem Edelmann angeheuert, um dessen heimlicher Geliebten Briefe zu schreiben, die Haimo zur Begeisterung des Verliebten mit Metaphern aus dem Hohelied Salomos anreicherte, wie dass ihre Brüste wie Zwillinge junger Gazellen seien oder dass sie gewachsen sei wie ein Lustgarten von Granatäpfeln und edlen Früchten.

Nach und nach näherte er sich seinem Ziel, er überschritt die Grenze zur Provinz Latium, deren seltsam singende Sprache er mit Hilfe seiner Lateinkenntnisse bald entschlüsseln konnte, kam zum lieblichen Bolsenasee, der ihn an den Ammersee bei Wessobrunn erinnerte, bemerkte, wie sich die Landstraße von Viterbo an immer stärker bevölkerte mit Ochsenkarren, Reitern, Marktfahrern, Bauern, Soldaten, und sah endlich im Dunst der Ferne die Türme und Mauern einer Stadt, die nur Rom sein konnte.

18

Ungläubig starrte Ernst auf das fingerdicke Wachstuchheft in seinen Händen. Nach einer Weile öffnete er es und sah auf der ersten Seite, mit Tinte geschrieben, die Jahreszahl 1943.

Auf der nächsten Seite oben stand »Einberufung«, dann war der Eintrag durch eingedrungene Feuchtigkeit verwaschen und kaum mehr leserlich; so ging es fast bis zur Mitte des Heftes, ab dann war es mit Bleistift geschrieben, und die letzte Seite war mit »Mai 1945« überschrieben, darunter nur ein einziger Satz: »Das Ende naht!«

Ein Kriegstagebuch also. Ernst überlegte einen Moment, riss dann aus einem »Berner Oberländer« im Korb neben dem Ofen zwei Seiten heraus, schüttelte sorgfältig Staub und Holzspäne ab, wickelte das Wachstuchheft darin ein und steckte es in seinen Proviantsack. Das alles war bestimmt nicht leicht zu lesen, er würde das erst zu Hause in aller Ruhe studieren. Nochmals blickte er auf die Ecke, aus der er es geholt hatte, hob die lose Latte ein zweites Mal an und leuchtete mit der Stirnlampe in den Zwischenraum dahinter, aber da war nichts mehr. Das, was ihm der nächtliche Gast zeigen wollte, hatte er gefunden.

Er schüttelte den Kopf. Da passierten Dinge, die überstiegen sein Verständnis. Wer hatte ihn zu diesem Tagebuch gewiesen, das Philipp Schaefer aus irgendeinem Grund hier versteckt hatte? Ein Hirngespinst, eine Ausgeburt seiner Einbildungskraft, eine Erscheinung, ein Wiedergänger? Oder war es nur ein Traum gewesen?

Er trat vor die Hüttentür und atmete tief ein. Immer noch zitterten die Sterne am Nachthimmel, doch hinter dem Schreckhorngrat zog eine blassrote Helle auf. Das Grauen dieser Nacht war besiegt, aber es wirkte noch nach. Er ging um die Hütte zur Schwalbennesttoilette, war jedoch zu nervös, um sich zu entleeren, merkte auch, wie sehr er sich an hygienische Verhältnisse gewöhnt hatte und schon beim Gedanken, er könne sich die Hände nachher nicht waschen, einen Widerwillen empfand, das Plumpsklo zu benützen. Er wollte so bald wie möglich wieder auf dem Jungfraujoch sein, und dort gab es anständige WCs, schon wegen der Japaner.

Als er seine Essensvorräte in den Proviantsack füllte, nahm er das verpackte Büchlein heraus und betastete es mit den Fingern, um zu spüren, ob es wirklich da war oder ob es sich ebenfalls in Nichts aufgelöst hatte, aber das Päckchen widerstand dem Druck und beharrte auf seiner Existenz. Dann siegte seine Neugier. Er wickelte es nochmals aus, setzte sich an den Tisch und suchte im Schein seiner Lampe nach dem Jahr 1944, an das er sich aus dem Inserat erinnerte. Es war noch vor Tagesanbruch, für den Gang zum

Jungfraujoch rechnete er mit etwa 3 Stunden, also konnte er es sich leisten, mit dem Aufbruch noch etwas zuzuwarten.

Die kleine Schrift und die engen Zeilenabstände auf dem karierten Papier machten das Lesen nicht leicht, manchmal waren auch Seiten verklebt oder durch Nässe beschädigt. Immerhin konnte er den Aufzeichnungen entnehmen, dass Schaefer einer Gebirgsdivision angehörte, welche zeitweilig in Oberitalien stationiert war und von dort nach Süden geschickt wurde, um zu den Fallschirmjägern zu stoßen, welche Montecassino verteidigten. Er stieß auch auf den Namen von Holger Riedel, sie hätten zusammen, hieß es, oft über die Berge gesprochen, da sie beide gerne kletterten. Auffällig viele Fragezeichen standen im Heft. Mussolini war bereits gestürzt – wessen Italien sollten sie da verteidigen? Gegen wen? Warum? Im Apennin mussten sie zwei englische Fallschirmspringer erschießen. Wieso nahm man sie nicht gefangen? Holgers Glaube an den Führer aber war offenbar ungebrochen.

Auch Partisanen wurden erschossen, wenn man ihrer habhaft wurde. Und wer Partisanen Unterschlupf gewährte, fand ebenfalls keine Gnade. Von einem winzigen Kloster war die Rede, das bloß von fünf Mönchen bewohnt wurde. Ihr Kommandant war überzeugt, dass sie von dort beschossen worden waren und dabei fünf Mann verloren hatten und ließ die fünf Mönche hinrichten, sie mussten sich vor die Klostermauer stellen, Philipp und Holger gehörten zum Exekutionspeloton, »Non siamo partigiani!« habe der jüngste der Mönche verzweifelt gerufen, bevor er im Kugelhagel zusammengebrochen sei. Und wieder ein Fragezeichen. Dann der Befehl, das Kloster zu sprengen, Holger sei bei den Soldaten gewesen, welche die Sprengsätze im Innern des Gebäudes gelegt hätten, und sei mit einem kleinen Buch herausgekommen, das er ihm später gezeigt habe, nachdem das Kloster in eine Ruine verwandelt worden war. Das habe er aus der Bibliothek herausgenommen, weil es ihm alt und kostbar vorgekommen sei.

Zu den Schlachten entlang der Gustav-Linie am Montecassino wurden die Notizen kürzer, dafür mehrten sich die Fragezeichen. Wieso die Deutschen allein gegen die ganze Welt Krieg führen mussten, fragte Philipp. Gegen Franzosen, Polen, Engländer, Inder, Maori? Was soll das Sterben? Bei einem Rückzugsgefecht wurde Holger schwer verwundet von Philipp und einem Kameraden in ein Notlazarett geschleppt, man musste ihm die Jacke aufschneiden, um die Wunde verarzten zu können, dabei fiel das Buch auf den Boden, das er bei sich getragen hatte wie einen Talisman, Philipp, der noch bei ihm war, las es auf und nahm es an sich, dann wurde er mit den Resten seiner Truppe vom Lazarett getrennt.

Wo ist Holger? stand oben auf einer Seite. Beim Feind? Im Himmel? Das Chaos musste unbeschreiblich, die Verluste furchtbar gewesen sein. Ein Fleck, der eine halbe Seite des Büchleins unleserlich machte, sah nach Blut aus, Philipp schrieb von Glück und einem Streifschuss. Ernst begann schneller zu blättern, der Einheit war dann offenbar ein Rückzug gelungen, der sie durch halb Italien führte, bis sie sich schließlich in Oberitalien den Amerikanern ergab. »Hoffe auf baldige Gefangenschaft« stand auf einer der letzten Seiten.

Als Ernst den Kopf hob, war draußen heller Tag. Seine Stirnlampe war längst unnötig geworden, ohne dass er das bemerkt hatte. Er löschte sie und steckte sie in seinen Rucksack. Danach wickelte er das Wachstuchheft wieder in das Zeitungspapier und verstaute es im Proviantsack. Etwas benommen stand er auf, trank einen Schluck Tee und machte sich dann bereit zum Aufbruch. Achtsam verschloss er die Ofentür, versicherte sich, dass keine Glutteilchen entweichen konnten, machte dann die Fensterläden zu und verschloss die Hüttentüre. Er kletterte über die Felsen bis zu seinem Depot, zog die Felle aus seinem Rucksack, befestigte sie an den Skiern, und dann begann er mit dem Aufstieg zum Pass.

Er kam gut vorwärts, folgte im Wesentlichen der Spur seiner gestrigen Abfahrt, sank allerdings ein paarmal ein, als der Harsch etwas nachgab. Seine Gedanken waren immer noch bei dem, was er gelesen hatte. Ein junger Soldat, ein Student wohl, rettete vor der Sprengung eines kleinen Klosters eines der ältesten Bücher der deutschen Sprache. Er glaubte sich zu erinnern, dass die Deutschen, als sie das Kloster Montecassino besetzten, die wertvollsten Kunst- und Kulturgüter evakuiert und in Sicherheit gebracht hatten, für den Fall eines Luftangriffs der Alliierten, der dann auch stattfand, das Kloster wurde in Schutt und Asche bombardiert.

Dann kam ihm jener wunderbare Tempel in den Sinn, den er in Südkorea gesehen hatte und in dem auf Zehntausenden von Holztafeln die Lehren Buddhas festgehalten sind, die Schriftzeichen wurden über viele Jahre von Schreibern spiegelverkehrt geschnitzt. Im Koreakrieg hatte ein Pilot der koreanischen Luftwaffe von den Amerikanern den Befehl erhalten, das Kloster zu bombardieren, weil darin kommunistische Partisanen vermutet wurden, doch er hatte sich geweigert, das zu tun.

Ernst geriet ins Schwitzen, zog die Handschuhe aus und öffnete den Reißverschluss der Jacke. Vom Pass herab wehte ein leichter Wind, der ihm wohltat. Als er die Höhe erreicht hatte, stützte er sich auf seine Stöcke, trank ein paar Schlucke Tee, aß ein Stück Brot und etwas Käse, das er mit dem Taschenmesser abschnitt. Er hatte kaum gefrühstückt und war hungrig, über dem Lesen war ziemlich viel Zeit vergangen, zu viel, wie er auf einmal fand, es war bereits späterer Vormittag. Den Mönch, der sich neben der ungastlichen Felswand des Eigers in gleißendem feinem Weiß erhob, kannte er nicht von dieser Seite, sie gefiel ihm besser als die bekannte wuchtige Silhouette, die er vom Mittelland her abgab, eingeklemmt zwischen seinen ewigen Nachbarn Eiger und Jungfrau. Wie er wohl zu seinem Namen gekommen war? Das Berner Oberland war doch Reformationsgebiet und nicht mit Klöstern gesegnet, jedenfalls kam ihm keines in den Sinn.

Er schnallte die Felle auf seinen Rucksack, nahm die Gletscherbrille ab und musste die Augen zukneifen, als er sich nochmals Sonnencreme auftrug, dann zog er den Reißverschluss der Jacke hoch, streifte sich die Handschuhe wieder über und musterte den Abhang zum Ewigschneefeld. Tief unten sah er zwei Skifahrer, die wohl von der Mönchsjochhütte oder vom Jungfraujoch her kamen, vielleicht wollten sie über den Gletscher nach Fiesch hinunter. Er überlegte sich einen Moment ob er mit den Skiern quer zum Hang absteigen sollte, so wie er gestern aufgestiegen war, und entschloss sich dann zu einer Schussfahrt, die ihn in zehn Minuten zu den zweien bringen würde, die dort unterwegs waren.

Er stieß sich ab, und beim ersten Schwung löste er ein Schneebrett aus, das ihn mit sich hangabwärts trug, er verlor das Gleichgewicht und stürzte, versuchte sich mit den Händen in den Schnee zu krallen, überschlug sich und kam erst wieder im Spalt des Gletscherschrunds zum Halten. Benommen blieb er vorerst regungslos liegen, dann bewegte er der Reihe nach Arme und Hände, Beine und Füße, so gut es ging. Beim linken Fuß stellte er fest, dass er auf die geringste Bewegung mit einem bösen Schmerz reagierte. Der Schuh steckte immer noch im Ski, den es ihm abgedreht hatte. Ob es eine Verstauchung, ein Sehnenriss oder ein Knochenbruch war, ohne Hilfe käme er von hier nicht weiter, so viel war ihm sofort klar.

Vorsichtig versuchte er sich aufzurappeln, möglichst ohne den linken Fuß einzubeziehen, und merkte, dass er irgendwie feststeckte. Die Bindung des rechten Skis hatte sich zwar gelöst, doch der rechte Arm war hinter seinem Rücken so eingeklemmt, dass es ihm nicht gelang, ihn hervorzuziehen. »Ruhig bleiben«, sagte er sich zum zweiten Mal auf dieser Tour, »nur ruhig bleiben.«

Jetzt war der Moment gekommen, wo sein Handy gefragt war. Es befand sich in der Außentasche seines Rucksacks, den er immer noch am Rücken trug. Mit der linken Hand versuchte er zu einem Träger zu kommen, aber auch der Rucksack war so festgeklemmt, dass er ihn nicht lockern konnte. Es kam ihm in den Sinn, dass er das Gerät am Morgen nicht eingeschaltet hatte. Die Nummer der Rettungsflugwacht hätte er gewusst, 1414, aber sie war außer Reichweite, und ob eine Funkverbindung möglich wäre, war ohnehin nicht sicher, er lag mindestens in drei Meter Tiefe.

Ernst nahm sich vor, möglichst in Bewegung zu bleiben und zu versuchen, sich ein kleines bisschen Raum im Schnee zu schaffen. Sein rechter Arm steckte zwischen der Schneemasse und der Gletscherspalte fest, die linke Schulter wurde von einem Firnbrocken niedergedrückt. Er spürte bereits, wie die Kälte des Eises durch die Jacke eindrang. Das verhieß nichts Gutes, und als er über die Möglichkeiten nachdachte, aus seiner Lage befreit zu werden, falls es ihm nicht selbst gelang, blieben eigentlich nur die zwei Tourenskifahrer auf dem Ewigschneefeld.

Er musste sich zusammennehmen, um zum ersten Mal in seinem Leben um Hilfe zu schreien. Dann rief er, dreimal kurz, dreimal lang, und dreimal kurz. Es waren Aaah-Rufe, ohne Worte, das Morsezeichen, SOS, save our souls, und sie verhallten ohne Echo, er hatte nicht das Gefühl, als ob sie weit über den Gletscherschrund hinausgedrungen seien. Er ließ einen zweiten Ruf folgen, danach noch einen dritten. Dann hielt er inne. Er war auf einmal durstig, konnte aber den Rucksack mit der Thermosflasche nicht locker machen.

Beweg dich, ermahnte er sich, beweg dich, Ernst, damit du das noch erzählen kannst. Und er fuhr fort, mit den Händen und dem rechten Fuss kleine, aber regelmäßige Bewegungen zu machen, während der Schmerz in seinem linken Fuß wuchs und die Kälte langsam von seinen Gliedern Besitz ergriff.

19

Jacqueline wollte gerade ins Bad, um sich für die Nacht umzuziehen, als es an ihrer Tür klopfte. Mitternacht war vorbei. Lena? dachte sie. Sie hatten sich gut unterhalten und waren dann in dem Moment abgelenkt worden, als Lena sie noch etwas fragen wollte.

Sie öffnete die Tür einen Spalt, und draußen stand Henri. Er hatte eine halbvolle Flasche Wein mit zwei Gläsern bei sich und fragte, ob sie die noch zusammen fertig trinken wollten. Sie zögerte einen Moment, bevor sie die Tür ganz öffnete und ihn herein bat. Eine kleine Alarmlampe hatte in ihrem Hinterkopf aufgeblinkt, doch als Jacqueline sich sagte, sie wisse schon, was sie wolle, schaltete sie sich wieder aus.

Henri war ihr erster Freund gewesen, kurz vor der Matur, nicht für lange, aber es hatte ihr gut getan, einen Verehrer zu haben, der sie rückhaltlos bewunderte, sie hatte sich vorher nicht für begehrenswert gehalten und wusste nun, dass sie eine Frau war.

Nach der Matur trennten sich dann ihre Wege, Henri

wollte Berufsmilitär bei der Luftwaffe werden und verschwand für längere Zeit bei der Armee, während Jacqueline mit Lena auf eine Reise nach Bolivien aufbrach. Später hörte sie von ihm, dass er Karriere machte und dass er den Ruf eines Womanizers hatte.

Sie hatte ihn heute zum ersten Mal seit dem Schulabschluss wieder gesehen. Die Veranstalterinnen der Zusammenkunft wollten schon im Jahr zuvor 25 Jahre Matur feiern, es wurden dann aber 26 Jahre, bis der Termin auf der Rigi zustande kam.

Es war ein fröhliches Treffen geworden, es wurden Fotos herumgereicht von damals, von Sportanlässen mit den Lehrern, von Schulreisen auch, die gefürchtet waren, weil ihr Klassenlehrer ein begeisterter Wanderer war, der glaubte, seine Leidenschaft auf eine ganze Klasse übertragen zu müssen, die alles andere als lauffreudig war, er suchte mit Vorliebe abgelegene Alpentäler aus, wo es Aufstiege von 1000 Metern Höhenunterschied zu bewältigen galt, bis man auf einem kaum begangenen Pass stand, von dem es zuerst hinunter, dann aber nochmals hinauf ging, bis man zuletzt eine Hütte erreichte, in der auch noch gekocht werden musste. Als Jacqueline ein Foto eines Tessiner Bergsees in den Händen hielt, auf dem sie mit zwei Schulkolleginnen zusammen auf einem Granitblock am Ufer saß, im Hintergrund ein wildes Gipfelpanorama, begriff sie auf einmal Ernsts Passion für die Berge und nahm sich vor, mit ihm einmal auf eine Höhenwanderung zu gehen.

Es kam ihr aber auch wieder in den Sinn, dass ein paar von ihnen in der Nacht von der Hütte aus nochmals zu diesem See hinaufgegangen waren, der Mond war beinahe voll gewesen und hatte sich im Wasser gespiegelt, sie war von Romantik geradezu überflutet worden und liess sich mit Henri auf ein Liebesspiel ein, das der Auftakt ihrer ersten Affäre wurde.

Und unvermeidlich waren die Fotos von Kindern, stolze Väter und Mütter zückten ihre Smartphones und klickten ihre Brut an, kleine Prinzessinnen lachten einem entgegen, Ostereier in die Höhe haltend, tanzend oder Geige spielend, Prinzen standen neben Schneemännern, saßen frisch behelmt auf Fahrrädern oder bauten Sandburgen, zwei von ihnen rasten auf einem Schlitten jubelnd talwärts, ihr Schwesterlein in der Mitte, aber das größte Hallo gab es, als Caroline, die ein Jahr nach der Matur geheiratet hatte, ein Bild ihres frisch geborenen Enkels zeigte, und Jacqueline bewusst wurde, dass man in ihrem Alter bereits Großmutter sein konnte. Von ersten Scheidungen war allerdings auch die Rede, ebenso wie von der Schwierigkeit der berufstätigen Frauen, Familie und Karriere miteinander zu vereinbaren. Irina, die Klassenbeste, war überzeugt, dass sie nur deshalb nicht Chefärztin ihrer Onkologieabteilung geworden war, weil ihr Konkurrent ein Mann war und mehr Zeit zum Publizieren in Fachzeitschriften gehabt habe als sie.

Jacqueline wunderte sich, wie ungebrochen sich der Wunsch nach Kindern erhalten hatte, sie waren nur vier Kinderlose, einer davon, Marco, war homosexuell, sie hatte ihn immer wegen seiner Hilfsbereitschaft gemocht, er hatte ihr am Tag vor der Lateinmatur seine Vermutung mitgeteilt, welcher Text zum Übersetzen vorgelegt werden könnte, ein

Gedicht von Catull, das im Unterricht ausgelassen worden war, obwohl ihr Lateinlehrer ein ausgesprochener Catullfreund war, und so kam es, dass sie im Latein mit einer Note abschloss, die über ihren Leistungen lag, sie hatte sogar extra zwei Fehler einfließen lassen, um keinen Verdacht zu erwecken. Am heutigen Abend war sie am Tisch neben ihm gesessen, und als von links und rechts der Kindersegen über sie hereinprasselte, sagte er zu ihr: »Gell, das brauchen wir nicht.« Jacqueline hatte lachend genickt, obwohl sie sich fragte, ob er sie wohl für lesbisch hielt.

Tagsüber herrschte im Restaurant bei einem Wetter wie heute ein unglaublicher Betrieb, wenn aber um sieben Uhr abends die letzte Bahn ins Tal abgefahren war, blieben nur die Hotelgäste, und Jo, der in der Klasse immer für Unterhaltung gesorgt hatte und jetzt Staatsanwalt war, hatte im Säli nach dem Essen eine Disco eingerichtet, in der er nun als DJ Musik aus ihrer Jugendzeit auflegte, Dire Straits, Billy Idol, Bon Jovi, aber auch Nena und die Neue Deutsche Welle, und sie hatten auf der Tanzfläche dazu gewippt und »brothers in arms« mitgesungen, hatten sich zu »you were born to be my baby« gedreht und einander angelacht, hatten sich dabei gegenseitig beobachtet und nach Zeichen des Alterns gesucht, und Jacqueline hatte mit Befriedigung festgestellt, dass sie zu den Fittesten gehörte, die auch nach der fünften oder sechsten Runde noch nicht ins Schwitzen kamen, und legte am Schluss allein mit Henri zu irgendeinem Techno-Sound einen fulminanten Fantasietanz hin, applaudiert von der ganzen Klasse und einem Grüpplein Chinesen, die verwundert unter der offenen Schiebetür standen. Sie hatte selbst gar nicht mehr gewusst, dass sie so gut und so gern tanzte, und war fast in eine Trance geraten dabei, hatte manchmal das Gefühl gehabt, sie stünde außerhalb ihres Körpers und schaue sich selber zu.

»Du warst großartig«, sagte Henri, der sich nun an den kleinen Tisch in Jacquelines Zimmer stellte und Rotwein in die zwei Gläser goss.

»Du aber auch«, antwortete Jacqueline, »fast wie man sich einen Kampfpiloten vorstellt.«

Sie hoben die Gläser und stießen an, doch als sich Henri zu ihr hinüberbeugte und sie küsste, fragte sie ihn, ob er nicht noch mit ihr auf den Kulm hinaufkomme, das müsse sehr schön sein, es sei fast Vollmond.

Da Henri als guter Jäger wusste, dass Geduld eher zum Ziel führte als Ungeduld, stimmte er zu, und bald gingen sie den Fußweg hinan, der zum Gipfel führte. Henri legte sachte den Arm um ihre Schulter und bemerkte mit Vergnügen, dass nach einer Weile ihr Arm auf seiner Hüfte lag.

»Fast wie damals im Tessin«, sagte er, »erinnerst du dich?«

»Aber sicher«, sagte Jacqueline, und als sie zusammen auf der Gipfelplattform standen und der Mond auf der einen Seite die Alpenkette beschien und auf der andern Seite das Mittelland, in dem man den Zuger- und den Zürichsee glitzern sah, wurde Jacqueline von einer nie gekannten Sehnsucht nach verschwundener Zeit und früher Liebe übermannt und erwiderte Henris Kuss lange und zärtlich.

Etwas später, auf der Treppe des Hotels, fragte Henri leise: »Und jetzt?« Da kniete Jacqueline plötzlich auf die Treppe und musste sich erbrechen. Stöhnend würgte sie die Reste des unverdauten Nachtessens heraus und bat dann Henri, ihr auf das Zimmer zu helfen.

Gleich nach ihnen hatte Marco den Hotelvorraum betreten und rief ihnen zu, er werde sich um die Reinigung kümmern. Da kein Nachtportier verfügbar war, griff er sich von einem Zeitungsständer im Restaurant eine Samstagsausgabe der NZZ und bedeckte das Erbrochene vorerst damit. Dann rannte er den beiden nach, Henri hatte Jacqueline untergefasst und ging mit langsamen Schritten auf den Lift zu, sie fuhren zu dritt zwei Stockwerke höher, nahmen dann Jacqueline in die Mitte, indem jeder sie auf seiner Seite stützte, gingen zu ihrem Zimmer und halfen ihr zum Waschbecken, wo sie sich das Gesicht reinigte und den Mund spülte. Alle Kraft war aus ihr gewichen, und schwer atmend ließ sie sich auf ihr Bett sinken.

»Möchtest du einen Kamillentee?« fragte Marco.

Henri machte ihn darauf aufmerksam, dass das Restaurant längst geschlossen sei, worauf Marco antwortete, er habe immer einen kleinen Wasserkocher und ein paar Teesorten dabei, wenn er auf Reisen gehe.

Tja, sagte Henri, dann sei es wohl besser, er gehe, nahm die Weinflasche und sein Glas wieder mit und wünschte gute Besserung.

Jacqueline sagte, es tue ihr leid, sie verstehe das nicht, und ja, ein Kamillentee wäre gut. In ihrem Körper hatte sich eine Übelkeit breitgemacht, die ihr vom Magen in die Glieder drang und ihre Arme und Hände erzittern ließ.

Etwas später erschien Marco wieder mit einem Zahnputzglas dampfenden Kamillentees. Er stellte die Kopflehne von

Jacquelines Bett höher, half ihr, sich aufzurichten, und reichte ihr den Tee. Er lege ihr auch homöopathische Tabletten hin zur Beruhigung der Darmflora, sie könne gleich zwei davon nehmen und später jedesmal, wenn sie erwache, eine.

»Und die Sauerei?«

Er habe sein Handtuch feucht gemacht und alles aufgenommen.

Und wohin damit?

In einen Abfalleimer auf der Restaurantterrasse, zusammen mit der Zeitung. Die ersten Frühstücksgäste würden dann schon auf die Düfte aufmerksam.

Er lachte und fragte, ob sie noch etwas brauche.

»Danke«, sagte Jacqueline, »vielen Dank.«

»Und das nächste Mal in der Disco vielleicht etwas weniger wild. Du hast ja getanzt wie eine Schamanin.«

Als er seine Mobil-Nummer auf einen Zettel schrieb und ihr versicherte, sie könne ihn die ganze Nacht anrufen, wenn es ein Problem gebe, bat sie ihn, ihr Handy aus ihrer Handtasche zu holen und ans Bett zu bringen.

Sie öffnete es, nachdem Marco gegangen war, las Ernsts Nachricht, und es kamen ihr die Tränen. Sie trank kleine Schlucke des Kamillentees, der sie langsam beruhigte, und schlief tief und traumlos bis am frühen Morgen.

»Gute Tour!« schrieb sie an Ernst, erhielt aber keine Bestätigung, dass die Nachricht zugestellt war.

Sie stand auf und musste mit einem leichten Schwindel kämpfen.

Um 8 Uhr klopfte Marco an und erkundigte sich nach ihrem Befinden.

»Besser«, sagte Jacqueline, »dein Tee hat geholfen, und die Tabletten wohl auch.«

Ob er ihr den privaten Telefonanschluss von Thomas nachschauen könne, mit dem ihr Mann heute auf eine Bergtour gegangen sei, fragte sie ihn, nannte den vollen Namen und den Wohnort Küsnacht, und Marco schaltete seine Telefonbuch-App ein und schrieb ihr die Nummer auf einen zweiten Zettel.

Um 9 Uhr war das Frühstück angesagt, ab 10 Uhr konnte man ins Tal fahren oder zuerst einen Spaziergang nach Rigi Staffel oder Rigi Kaltbad machen und von dort aus hinunter fahren. Jacqueline duschte ausgiebig, packte dann ihre Unterwäsche und die Bluse von gestern, die noch nach dem Malheur rochen, in eine Plastiktüte, zog neue Wäsche und eine zweite Bluse an, die sie zum Glück mitgenommen hatte, und als um 9 Uhr immer noch keine Antwort von Ernst gekommen war, rief sie bei Thomas an.

Eva meldete sich, Thomas' Frau, und war sehr erstaunt über Jacquelines Frage, ob sie wisse, wie es den zwei Bergsteigern gehe.

Nun erfuhr Jacqueline, dass Thomas mit Fieber im Bett lag und gar nicht mitgegangen war, und erschrak. Sie schrieb eine zweite SMS, »Ernst, wo bist du?« Nach dem Frühstück, bei dem sie nur einen Schwarztee und zwei Zwieback zu sich genommen hatte, war immer noch keine Antwort eingetroffen, und ihre Unruhe wuchs. Sie ging zum Tisch hinüber, an dem sich Marco mit Jo darüber unterhielt, wieso er gestern Polo Hofers »Alperose« nicht aufgelegt hatte, und fragte Marco, ob sie ihn kurz um seine Hilfe bitten dürfe.

20

Haimo hatte sich einem Mönchsboten angeschlossen, den er kurz vor dem Erreichen der Stadt angetroffen hatte. Dieser musste Dokumente eines Klosters im langobardischen Königreich dem Bischof von Rom bringen, da ihm König Karl dieses Kloster nach der Eroberung zum Geschenk gemacht hatte. Der Bote führte ihn zu einem der römischen Klöster, welches ein eigenes Gästehaus für Mönche hatte, die mit Botschaften und Aufträgen unterwegs waren.

Dort zeigte Haimo dem Pförtner das Breve Sigidos. Er versuchte, so erschöpft und ausgehungert wie möglich auszusehen, und bat um einen etwas längeren Aufenthalt als die fünf Tage, welche üblich waren. Er habe lange mit einer fiebrigen Krankheit gekämpft und müsse sich davon erholen, bevor er nach Montecassino weiterziehen könne. Auch möchte er, sobald es ihm seine Gesundheit erlaube, die Kirche Sancta Maria ad Martyres und die Lateranbasilika aufsuchen, um dort zu beten, beides Aufträge, die er von Sündern in Wessobrunn und St.Gallen entgegengenommen habe.

Als ihn der Pförtner lange schweigend ansah, ohne Sigidos

Schreiben eines Blickes zu würdigen, erinnerte sich Haimo an die Empfehlung seines Wandergefährten und schob ihm seinen letzten Goldsolidus hinüber, den er mit den Liebesbriefen in Saena verdient hatte. Darauf nickte der Pförtner und verdoppelte seine Aufenthaltserlaubnis auf zehn Tage.

Zehn Tage also, um Maria zu finden.

Schon am nächsten Tag machte er sich auf einen ersten Streifzug. Noch nie hatte Haimo eine so große Stadt gesehen, und ihr Anblick verwirrte ihn. In Regensburg, wo er aufgewachsen war, drängten sich alle Häuser innerhalb der Stadtmauern aneinander, und außer dem Platz vor dem Rathaus und der Kirche gab es nur enge Straßen und Gassen. Hier lösten sich große Plätze mit Kirchen ab, es gab breite Straßen, es gab Bauten, die von vergangener Macht zeugten, ein Theater, das noch ein römischer Kaiser errichtet hatte, ein Kolosseum von geradezu gespenstischer Größe, halb zerstört zwar, aber dennoch in Gebrauch, wie er hörte, einen Caesarenpalast, in dem Augustus gewohnt haben sollte und in dem Eulen und Turmfalken nisteten, unter der riesigen Kuppel der Kirche Sancta Maria ad Martyres seien früher alle römischen Götter verehrt worden, und jetzt war sie zum Glück dem wahren Glauben ergeben, er betete dort inständig, aber nicht für einen fremden Sünder, den es gar nicht gab, sondern für sich selbst, nämlich dafür, dass ihm die Sancta Maria helfe, seine eigene Maria zu finden in diesem Vielvölkergewühl, er hörte hier immer wieder Griechisch sprechen und auch andere Sprachen, die er nicht verstand, er sah zum erstenmal in seinem Leben schwarze Menschen, Mohren, welche in Gruppen schwere Lasten über die gepflasterten Straßen zogen, von einem Aufseher mit Peitschenhieben angetrieben, manchmal stieg Dampf aus Schächten am Straßenrand hervor, geheizte Bäder gebe es hier, und Katakomben mit unendlich langen Gängen, eine zweite Stadt unter dem Boden sozusagen, aber was ihn am meisten erstaunte, als er vom Hügel mit der Sancta Maria hinuntersah, war, dass die Mauer, welche die ganze Stadt umringte, auch große Gebiete umfasste, auf denen keine Häuser standen, nur ab und zu war zwischen wildem Buschwerk eine Ruine zu erkennen. War die Ewige Stadt früher so viel größer gewesen? Oder wartete sie noch auf ihre Größe?

Und wie und wo sollte er Maria suchen? Sie sei, hatte man ihm in Bobbio gesagt, mit einer Pilgergruppe nach Rom mitgegangen. Also fragte er in seiner Mönchsherberge nach allen Kirchen, welche zu den Zielen von Pilgern gehörten, und besuchte der Reihe nach St. Peter und Paul, Sankt Lorenz, die Ecclesia Beati Hadriani und die Lateranbasilika, betete in allen und schaute sich am Eingang nach Pilgern um, doch er musste sich bald eingestehen, dass er damit wohl kaum Erfolg haben dürfte, denn der zeitliche Vorsprung, den die Pilgergruppe, wenn es denn eine gewesen sein sollte, auf ihn hatte, war so groß, dass sie längst ihre Gebete in einer dieser Kirchen verrichtet hätte und wieder auf dem Heimweg war.

Und wenn Maria an ihrer Version festgehalten hätte, sie suche ihren Onkel, der in der päpstlichen Verwaltung ein hohes Amt versehe? Vielleicht hätte man sie dort für irgendeinen Dienst eingestellt. Doch als er an der Pforte des Lateran nach einer Maria aus Regensburg fragte, die hier vorgesprochen haben sollte, begegnete man ihm mit äußerstem Misstrauen, das sich, als er vorgab, das sei seine Schwester, eher noch verstärkte. Als er sich danach erkundigte, wo es hier Sklavenmärkte gebe, sagte ihm der päpstliche Cerberus barsch, Sklavenmärkte gebe es in der heiligen Stadt keine.

Das wäre Haimo sehr recht gewesen, auch wenn er es nicht glauben wollte. Rom mochte heilig sein, Rom mochte ewig sein, aber Rom war auch sündig, da gab es für ihn keinen Zweifel. Er hörte von Freudenhäusern, er hörte von Wirtshäusern, in deren Hinterzimmern man außer Speis und Trank auch die Dienste von Frauen kaufen konnte, und er hoffte von Herzen, dass Maria nicht in ein solches Gewerbe gezwungen worden war. Haimo war nur einmal durch ein Viertel gegangen, das ihm in diesem Zusammenhang genannt worden war, und war aus einigen Fenstern von Frauen verspottet, aus andern hingegen angelockt worden; beides war ihm gleichermaßen peinlich, und er hatte sich so bald wie möglich wieder davongemacht.

Dann begann er, Lazarette und Krankenhäuser abzusuchen und sich nach einer Maria aus dem fränkischen Reich zu erkundigen. Er könne es ja, sagte ihm die Pförtnerin eines Weiberhospitals, bei den Aussätzigen auf den Feldern vor der Porta Tiburtina versuchen, dürfe ihnen aber nicht zu nahe kommen, um nicht von ihrer Krankheit befallen zu werden.

Als sich Haimo dem Siechenhaus vor der Stadt näherte, hielt ihn ein Wächter mit einem Hut auf dem Kopf auf, der in ein Horn blies, als er ihn kommen sah. Er stand neben einem Mast mit einer schwarzen Fahne. Haimo hielt inne.

»Was willst du?« rief der Wächter, dessen Gesicht mit seltsamen Flecken übersät war.

»Ist Maria bei euch?« rief Haimo.

Der Wächter schüttelte traurig den Kopf. »Unsere Muttergottes hat uns arme Sünder verlassen!«

»Nicht die himmlische, eine irdische Maria, aus Regensburg im Frankenreich!«

Das Gesicht des Fleckigen erhellte sich ein wenig.

»Maria, die Frankin, ja, sie pflegt die Elendesten unter uns!«

Haimo hüpfte das Herz im Leib.

»Sag ihr, ihr Bruder Haimo sei da und wolle mit ihr sprechen!«

»Ich will's ihr sagen, aber näherkommen darfst du nicht! Verstanden?«

Haimo nickte.

»Und ihre Grenze ist da, wo ich jetzt stehe. Sie weiß es! Du auch?«

Haimo nickte nochmals.

Der Wächter ging nun zu einem Haus, das von verschiedenen kleineren Holzhäusern umgeben war, während Haimo in bangem Erwarten von einem Fuß auf den andern trat. Er konnte fast nicht glauben, dass es ihm gelungen sein sollte, Maria zu finden.

Doch da trat sie leibhaftig aus dem Siechenhaus, in einem weißen Gewand mit einem roten Gürtel, ihren Gang erkannte er auf den ersten Blick, auch wenn ihr Gesicht von einem Schleier verhüllt war.

Zwei Schritte hinter ihr ging der Wächter, der nebst seinem Horn auch einen Speer trug. Als sie beim Masten mit der schwarzen Fahne stehen blieb, schlug sie den Schleier zurück.

Haimo sank auf die Knie. »Maria!« rief er, »ich bin's, Haimo!«

Maria formte ihre Hände zu einem Trichter. »Wie schön, dass du da bist!«

»Geht es dir gut?« rief Haimo.

»Ja, gut!« rief Maria zurück.

»Wann kann ich dich abholen?«

Maria gab keine Antwort.

»Wann?« rief Haimo, eindringlicher.

»Ich darf nicht weg!«

»Was?« rief Haimo, fassungslos.

Der Wächter, der zwar ihr fränkisches Deutsch nicht verstand, hatte sehr wohl verstanden, worum es ging, und rief Haimo auf Italisch zu: »Sie muss hier bleiben!«

»Warum das?« schrie Haimo.

Die Antwort des Wächters kam sofort: »Ansteckung!«

Als Haimo einen Schritt über die unsichtbare Grenze machte, senkte der Wächter seinen Speer und richtete die Spitze gegen ihn. Sie blitzte gefährlich in der Abendsonne.

»Ich muss gehen!« rief ihm Maria zu, »Gott behüte dich!«, liess ihren Schleier über das Gesicht fallen und drehte sich um.

»Ich komme wieder!« rief Haimo verzweifelt und blieb so lange stehen, bis Maria ins Siechenhaus eingetreten war.

Er hatte Tränen der Wut in den Augen, als er sich auf den Weg zu seiner Herberge machte. Vor dem alten Theater, an dem er vorbeikam, warb eine bunte Gesellschaft von Schauspielern für eine Komödie, »Der falsche Doktor«. Aus Trotz betrat er den Raum, den er als Benediktiner nie hätte betreten dürfen, es sei denn, um den Teufel von dort auszutreiben.

Er hatte durch das Schreiben eines Briefes auf dem Markt einige Münzen ergattert und warf eine davon in die Schale neben dem Eingang. Die Posse drehte sich um einen fahrenden Scholasten, der sich als Arzt ausgab und den Leuten großmäulig Heilung von ihren Leiden versprach. Seine Methoden waren brachialer Natur. Wer ein schmerzendes Bein hatte, dem versetzte er einen Schlag auf den Arm, damit er den Schmerz im Bein vergaß, wer Kopfweh hatte, dem trat er so lange auf die Füße, bis das Kopfweh durch Fußweh vertrieben wurde, wer Magenschmerzen hatte, dem schlug er die Faust ins Gesicht, und so weiter, es war ein ständiges Wehgeschrei auf der kleinen Bühne, und zu Haimos Erstaunen amüsierte sich das Publikum auf den Holzbänken über die derben Scherze. Als dann ein Mönch auftrat und sich über Jucken am Arsch beschwerte, hob ihm der Arzt die Kutte auf, blickte darunter und hielt sich die Nase zu, und da war das Publikum nicht mehr zu halten, der Arzt wiederholte die Szene gleich mehrmals und gab immer stärkere Laute des Ekels von sich, einige Zuschauer stießen sich auch mit den Ellbogen an und blickten zu Haimo hinüber, der am Rand einer Bank saß und den Raum am liebsten verlassen hätte, sich aber zu bleiben entschied, um zu sehen, was mit dem Mönch passierte. Der Quacksalber mischte ihm eine Tinktur zusammen aus frischer Hurenpisse, in die er genüsslich einen Pferdeapfel rieb, nässte damit ein Tuch und drückte es dem Mönch ins Gesicht, und als dieser es abnahm und sich zum Publikum drehte, hatte er Aussatzpickel im Gesicht, und der falsche Doktor fragte ihn, wo es ihn jetzt jucke.

»Im Gesicht!« krächzte der Mönch und begann sich die Wangen blutig zu kratzen, zur Gaudi der Zuschauer. Solcherart waren die Späße, bis zuletzt der Arzt entlarvt und mit Prügeln von allen seinen Patienten von der Bühne gejagt wurde.

Als sich das Publikum zerstreute, blieb Haimo noch eine Weile sitzen und ging dann hinter die Bühne zum Darsteller des falschen Doktors. Dieser zuckte etwas zusammen, weil er dachte, es käme gleich eine geistliche Drohung wegen der Szene mit dem Mönch, und er war erleichtert, als ihn Haimo bloß fragte, ob er ihm morgen das Gesicht so schminken könne wie dem Mönch, er würde ihn mit zwei Silbermünzen bezahlen.

Und so kam es, dass am nächsten Tag um die Mittagszeit ein aussätziger Mönch beim schwarzen Fahnenmast vor dem tiburtinischen Tor stand und um Einlass ins Siechenhaus bat. Zum Glück stand ein anderer Wächter da, der keinen Verdacht schöpfte, und es schöpfte auch niemand Verdacht, als nach Mitternacht zwei Benediktiner in aller Stille das Siechenhaus durch den Hintereingang in Richtung Osten verließen, denn Haimo hatte in der Herberge ein Mönchsgewand mitlaufen lassen, das er Maria hingelegt hatte, als sie mit einem schwer Hinkenden aus dem Dampfbad kam, hatte dazu wortlos die Hände mit gespreizten Fingern erhoben und nachher noch mit zwei Fingern der rechten Hand an einer Pustel gerieben, und Maria hatte stumm genickt und den Humpelnden zu seinem Lager geleitet, wo sie ihm Tee einlöffelte, denn dazu war dieser mit seiner abfaulenden Hand nicht mehr in der Lage.

21

»Fred?«

Ernst hatte die Augen geschlossen gehabt, da ihm beim Sturz die Gletscherbrille verloren gegangen war und die Sonne nun in die Spalte schien. Er brauchte einen Moment, bis er das Gesicht wieder zuordnen konnte, das sich über den Schrund beugte.

»Sepp?«

»Allein?«

»Ja, leider. Der Kollege wurde krank.«

Sepp schüttelte den Kopf. »Hast nicht auf mich gehört?«

Ein zweiter Kopf erschien oben am Spaltenrand.

»Ihr kennt euch?«

»Flüchtig, ja«, gab Sepp zur Antwort und fragte Ernst: »Bist verletzt?«

»Der linke Fuß, ja.«

»Dann holen wir die Rega.«

Der Anruf war schnell getätigt. Unteres Mönchsjoch, Verletzter in Spalte eingeklemmt, versuchen ihn zu sichern. Was? Ob er Ernst Stricker heiße? Nein.

»Doch!«, rief Ernst von unten.

Doch, das sei er. Aha. Sei gesucht worden. Einzelgänger? Ja. Ok, danke.

»Sie kommen«, sagte Sepp, und dann: »Ich dachte, du heißt Fred.«

»Mein Bergname.«

Sepp und sein Begleiter überlegten sich, ob sie Ernst sichern konnten, fanden aber, es sei zu riskant, sich ohne Steigeisen in die Spalte abzuseilen, sie waren nicht sicher, ob die Schneemasse, in der der Verletzte steckte, unter der Last eines Helfers nicht noch weiter einbrechen würde. Sie sprachen ihm Mut zu, und da Ernst über Durst klagte, band Sepp seine Petflasche mit dem Marschtee an das Seilende, ließ es ihm so hinunter, dass Ernst die Flasche mit der linken Hand zu fassen bekam, den Deckel mit dem Mund aufschrauben und ein paar Schlucke trinken konnte.

Das Knattern der Rotoren, das nach einer Viertelstunde zu hören war, kam ihm vor wie Musik; zum Bergführer, der an einer Leine zu ihm heruntergelassen wurde und ihn vorsichtig aus seiner Lage befreite, ihm einen Rettungssitz unterschob und dann mit ihm zusammen zum Helikopter hochgezogen wurde, sagte er, er fühle sich sicher wie in Abrahams Schoss.

Sepp rief ihm zu: »Ich komme dich besuchen!«

»Nicht nötig!« rief Ernst zurück, »ich danke euch!«, aber dann war er schon im Helikopter, die Ausstiegsklappe schloss sich, er wurde von einem Helfer und einer Notärztin auf eine Liege gebettet, bekam eine schmerzstillende Spritze, und man steckte ihm eine Infusion.

Woher sie seinen Namen gewusst hätten, fragte er und hörte, dass seine Frau angerufen hatte, weil sie erfahren habe, dass er allein gegangen sei und sich Sorgen gemacht habe.

»Zu Recht«, fügte der Retter hinzu, »allein über den Gletscher ist keine gute Idee.«

Ernst nickte. »Ich weiß, mach ich sonst nicht. Tut mir leid.«

Die unterkühlten Stellen an Schulter, Rücken und Armen begannen nun zu brennen, was, wie die Ärztin sagte, ein gutes Zeichen sei, da er wahrscheinlich keine Erfrierungen erlitten habe.

Ernst wusste nicht genau, wie lang er in der Spalte gelegen hatte und ob er nicht sogar kurz eingeschlafen war, bevor Sepp aufgetaucht war.

Dieser hatte ihn, während sie auf die Rettung warteten, gefragt, ob er von der Berglihütte komme, und hatte ihm dann gesagt, da wolle er mit seinem Kollegen auch hin. »Warst du auf Schaefers Spuren?« fuhr er fort.

Ernst verneinte. »Wollte aufs Walcherhorn.«

»Du warst spät dran.«

»Hab verschlafen.«

»Hast was von Schaefer gefunden?«

»Nein«, log Ernst, »hab auch nichts gesucht.«

Im Helikopter versicherte er sich, dass der Rucksack mitgekommen war. Man hatte ihn neben die Liege gestellt.

Der Flug nach Interlaken kam ihm erstaunlich kurz vor. Der Helfer nahm seine Personalien auf, und auf die Frage, ob er Rega-Gönnermitglied sei, antwortete Ernst: »Ab morgen ja.«

Im Spital wurde er geröntgt, verletzt war das linke Wadenbein, ein Splitterbruch, der eine Operation notwendig machte, die frühestens am Montag gemacht werden konnte, je nach Zustand der Schwellung auch erst am Dienstag.

Erst als er am Nachmittag mit einem provisorisch einbandagierten Bein in einem Zweierzimmer lag, neben einem Rentner mit einem Beckenbruch, den sich dieser bei einem Treppensturz zugezogen hatte, wie er seinem neuen Zimmernachbarn sofort bekannt gab, kam es Ernst in den Sinn, sich bei Jacqueline zu melden. Er zögerte etwas, weil er darüber nachdenken musste, wie er seine Eskapade und ihre Folgen genau formulieren sollte, und wählte dann auf seinem Handy ihre Mobilnummer.

Es dauerte ziemlich lang, bis sie abnahm und ihn sofort mit der Frage »Ernst, wo bist du?« überfiel. Ihre Stimme klang fast verzweifelt.

Ernst versuchte sie zu beruhigen. Ja, als Thomas nicht gekommen sei, sei er eben trotzdem gegangen, allein, und heute morgen sei ihm dann das Malheur passiert, er habe sich das Wadenbein gebrochen, zwei andere Tourengänger hätten die Rettungsflugwacht kommen lassen, und jetzt warte er im Spital Interlaken auf die Operation, morgen oder übermorgen.

Jacqueline weinte fast. »Dann bist du doch allein über einen Gletscher gegangen?«

Ernst war zerknirscht. Ja, das sei dumm von ihm gewesen, anders könne man das kaum nennen, aber das großartige Wetter und die phantastische Berglandschaft… da habe es ihn einfach gepackt. »Und du?«

Ihr sei es schlecht, sie habe irgendetwas erwischt, habe sich schon zum zweiten Mal erbrochen und sei jetzt auf der Heimfahrt. Sie könne ihn heute auf keinen Fall mehr besuchen kommen, sie wolle nur nach Hause ins Bett. Ob es morgen gehe, wisse sie nicht, sie habe eher das Gefühl, sie müsse zum Arzt.

Sie dürfe ihn ruhig allein lassen, auch morgen, da sei ja, wenn alles gut gehe, die Operation, und er sei dann wohl nicht sehr gesprächig. Es tue ihm natürlich leid, dass er sie nicht pflegen könne, er würde ihr sonst sofort einen Kamillentee machen und eine Bettflasche auf den Bauch legen.

Eine Krankenpflegerin trat ein, um ihm Blut zu nehmen, und Ernst sagte, er werde sich am Abend wieder melden.

Wo es denn passiert sei, fragte der Rentner, als sie das Zimmer wieder verlassen hatte, und Ernst gab so knapp wie möglich Auskunft.

Ja, sagte der Rentner, die Gletscher, schön, aber gefräßig, da habe man doch kürzlich einen gefunden, der fast vierzig Jahre lang im Gletscher gelegen habe, ob er das auch gelesen habe?

Ernst bejahte, vor allem, damit ihm der andere die Geschichte nicht nochmals erzählte. Der fuhr damit fort, dass die Treppen ebenfalls eine Gefahr darstellten, den Gletscherspalten nicht unähnlich, bloß müsse man dafür nicht in die Berge, sondern könne bequem zu Hause verunfallen, er selbst habe vier Menschen gekannt, die auf Treppen zu Tode gekommen seien, vier. Und während er die tödlichen Missgeschicke aufzuzählen und zu schildern begann, angefangen bei einer Frau, die im Museum ein Bild aus einem andern Winkel anschauen wollte und zwei Schritte rückwärts machte, ohne sich umzusehen, wurde Ernst von einer großen Müdigkeit ergriffen und schlief ein.

Als er erwachte, saß ein Mann neben ihm, der nicht wie ein Arzt aussah. Er trug eine dunkle Lederjacke und war in Begleitung einer jüngeren, sommersprossigen Frau, die ein geöffnetes Köfferchen auf den Knien hielt.

»Herr Stricker?« fragte der Mann.

Ernst nickte.

»Lienhard, Kantonspolizei«, sagte der andere.

Ernst erschrak und schaute zum Bett nebenan. Es war leer.

»Herr Frei ist kurz hinausgegangen«, sagte der Polizist, und die Frau fuhr fort: »Roth, Kantonspolizei, wir würden gern Ihren Fingerabdruck nehmen. Wenn Sie so gut sein würden.«

Sie nahm ihm die rechte Hand und drückte Zeigefinger, Mittelfinger und zuletzt den Daumen auf eine geschwärzte Unterlage.

Ernst war überrumpelt. »Brauchen Sie das bei Bergunfällen? Oder worum geht es?«

»Es geht um den Tod von Frau Adele Schaefer. Sie waren doch am 7. Mai am Vormittag an der Gerechtigkeitsgasse in Bern. Können Sie uns sagen, was Sie dort im Sinn hatten?«

Ernst schloss einen Moment die Augen und sah, wie der Sarg von Frau Schaefer in die Ambulanz geschoben wurde.

»Ich wollte einen Besuch machen.«

»Bei wem?«

»Bei Frau Schaefer.«

Das Verhör dauerte etwa eine Viertelstunde. Ob er nicht schon früher am Morgen in Bern gewesen sei, nein, sagte er, gab den 9h Zug an, der um 10h in Bern eintraf. Ob er das beweisen könne? Es kam ihm in den Sinn, dass er beim Verlassen des Büros etwa um halb neun seine Kollegin Heiniger gesehen hatte, und gab ihre Erreichbarkeit auf der Zentralbibliothek an. Ärgerlich, das würde zu reden geben, sehr ärgerlich.

Die Polizistin hatte seine Fingerabdrücke mit denen auf dem Laptop verglichen, und es war klar, dass sich Ernst in Frau Schaefers Wohnung aufgehalten hatte, wie und wann, wurde gefragt, und er redete sich auf eine alte Bekannte hinaus, die hilfsbedürftig geworden war.

Zu Ernsts Erleichterung beendete der Anästhesiearzt den Besuch, das unerwünschte Paar packte seine Utensilien zusammen, Lienhard gab Ernst seine Karte, wünschte eine erfolgreiche Operation und baldige Heilung, drohte mögliche weitere Fragen zu einem späteren Zeitpunkt an, und das Gespräch über die Anästhesie konnte beginnen.

Später, als er eine Bouillon löffelte und dazu ein Käseküchlein aß, dachte er an die Szene nach der Abdankung von Frau Schaefer und war sicher, dass das Sepp gewesen sein musste, der die Polizei auf seine Spur gebracht hatte.

Er war so erschöpft, dass er Jacqueline nur eine kurze SMS mit einem Gutenachtgruss schicken konnte, den sie ebenso kurz erwiderte, und als der Rentner zu erzählen anfing, dass sich bei seiner Tochter der Garderobeständer auf dem obersten Absatz der Kellertreppe befand und er beim Versuch, den Regenmantel seiner Frau hervorzuangeln, übertreten habe, drehte Ernst den Kopf auf die Seite und schlief sofort ein.

22

Sie hatten sich viel zu erzählen, die zwei Benediktinermönche, welche bei Halbmond auf einer der Ausfallstraßen in Richtung der Morgendämmerung unterwegs waren. Leise sprachen sie, damit nicht etwa jemand, der sie überholte oder ihnen entgegenkam, auf die seltsam hohe Stimme des einen aufmerksam wurde.

Die hohe Stimme berichtete der tiefen, wie sie eines Morgens in Bobbio von drei Männern abgeholt worden sei, welche nach Rom pilgerten und sie im Auftrage des Abtes Anastasius dorthin mitnehmen sollten. Alle ihre Bitten, mit dem Abt oder mit dem Skriptor Haimo sprechen zu dürfen, seien ihr abgeschlagen worden, man habe sie mit Gewalt aus dem Haus der frommen Frauen herausgezerrt, und sie habe schließlich keine andere Wahl gehabt als mitzugehen.

Der eine der Männer habe sich schon bald von den andern getrennt, um vorauszugehen und sich in Rom nach den Venezianern und den Griechen zu erkundigen. Unterwegs habe sie von einer andern Frau erfahren, dass das die Händler waren, die Menschen kauften und sie in Griechenland oder Venedig als Sklaven weiter verkauften. In einem der Hospize habe sie den Pförtner heimlich um Hilfe gebeten, ihren zwei Begleitern zu entkommen, aber vergebens.

Auf die Frage, ob sie wüssten, wo der Papst und sein Gefolge in Rom residierten, hätten sie nur ausweichend geantwortet, und es sei ihr klar geworden, dass die zwei Berufswallfahrer nicht die geringste Absicht hatten, sie bei der päpstlichen Verwaltung vorsprechen zu lassen. Wäre ihr das ermöglicht worden, hätte sie dort um Schutz nachgesucht.

Als sie sich schließlich Rom näherten, hatten ihre zwei Bewacher einen kürzeren Weg zum Sklavenmarkt nehmen wollen, verirrten sich dabei, und am frühen Morgen befanden sie sich plötzlich vor dem Feld der Aussätzigen. Dort wurde gerade eine Leiche auf den Gottesacker getragen. Weinende Kranke standen an der Grenze und trauerten ihrer verstorbenen Pflegerin nach, da riss sie sich los und rannte mit dem Ruf, sie sei die neue Pflegerin, zum Siechenhaus. Ihre zwei Wachhunde, die ihr hinterherrannten, wurden vom bewaffneten Wächter zurückgehalten und hatten auch später nicht mehr versucht, sie von dort heraus zu holen, aus Angst, angesteckt zu werden.

Von der tiefen Stimme war ab und zu ein Seufzer zu hören, dann erzählte sie von der großen Wut auf die Machenschaften des Anastasius, vom langen und entbehrungsreichen Gang nach Rom, von der schwierigen Suche nach der hohen Stimme und vom großen Glück, sie zuletzt gefunden zu haben. Sie habe, sagte die tiefe Stimme weiter, keine anderen Kleider für sie dabei, und es sei wohl auch besser, wenn sie vorläufig als Benediktinermönch mit möglichst tief ins Gesicht gezogener Kapuze weiterwandere und kein Wort sage, wenn sie in Gesellschaft anderer Menschen käme, dann werde er sie als taubstumm ausgeben.

Als die Sonne aufging, waren sie schon so weit außerhalb der Stadtmauern Roms, dass sie sich eine kleine Rast in einer Kapelle am Wegesrand zugestanden, in welcher sie sich hinknieten und Gott für ihre Rettung dankten, bevor sie wenig später, in einer Ecke sitzend, in einen kurzen Schlaf fielen, der kleinere der Mönche mit dem Kopf an der Schulter des größeren.

Und so zogen sie nach Osten, ein seltsames Paar, durch die Weiten Latiums, immer den Bergen des Apennins nach, die einmal näher und einmal ferner waren und sich einmal höher, einmal niedriger erhoben, zwischen Pinien, die Hügelzüge schmückten, Zypressen, welche Gehöfte einrahmten, Schilfgebüschen an Bächen, Olivenhainen, Weinbergen, Akazien, Agaven und Kakteen. Wenn sie keine christliche Unterkunft fanden, halfen sie bei der Weinlese und der Olivenernte mit, um zu Nahrung zu kommen. Es war Herbst geworden, und oft lag am Morgen ein Nebel über dem Land, der sich erst gegen Mittag lichtete.

Als sie in einem Kloster nächtigten, das nur noch ein paar Tagesmärsche von Montecassino entfernt war, wurden sie von den Mönchen gewarnt, es sei ein Zug von Sarazenen unterwegs, der es auf Montecassino abgesehen habe, und sie sollten besser für ein paar Wochen in die Berge ausweichen, bis die Gefahr vorüber sei, es gebe dort einige kleine Klöster, und man hoffe auf die Truppen von Papst Hadrian oder von König Karl.

Die zwei Benediktinermönche folgten dem Rat der Brüder. Sie erreichten einen Pass, von dem aus sie in der Ferne die weißen Mauern eines Klosters erblickten, das einen Berg krönte. »Montecassino!« rief Haimo, »Montecassino!«, und er umarmte seinen taubstummen Bruder aufs Innigste.

Doch vorerst gelangten sie in ein enges Tal, an dessen Ende sich eines der kleinen Klöster befand, die ihnen genannt worden waren, Sankt Antonius im Tale, allerdings mit dem Zusatz, ein Teil der Mönche sei dort wohl krank.

Trotzdem stiegen sie auf dem schmalen Pfad hinunter und wurden von einem Bruder vor der Klostermauer aufgehalten. Die Flecken in seinem Gesicht machten sofort klar, um welche Krankheit es sich handelte. Alle fünf Brüder waren von dieser Geißel Gottes befallen, und sie wüssten nicht, fuhr er fort, wie es mit ihnen weitergehen solle. Die Nahrung gehe ihnen aus, auch bräuchten sie Pflege, es wage sich aber niemand mehr hierher.

Maria schlug ihre Kapuze zurück und sagte, sie habe in Rom die Aussätzigen gepflegt, und wenn sie es wünschten, würde sie das auch bei ihnen tun.

Dem Mönch blieb der Mund offen, als Marias Haare auf ihre Schultern fielen.

»Aber …«

»Sie ist eine Frau, die vor den Sklavenhändlern flüchten musste«, sagte Haimo, »und ich habe ihr geholfen.«

Der Mönch betrat das Kloster, um sich mit seinen Confratres zu beraten, kam nach einer Weile zurück, und sie einigten sich darauf, dass Maria die Pflege übernehmen dürfe. Gott und der Heilige Benedikt würden bestimmt Verständnis dafür haben, dass in ihrem speziellen Fall eine Frau im Kloster ein und ausgehen werde. Ihren gesunden Bruder würden sie bitten, für sie Nahrung aus dem nächsten Kloster zu holen. Wohnen könnten sie im Stall, in dem sich zur Zeit nur ein Esel befinde, in dem es aber genügend Platz gebe. Überdies wären sie dankbar, wenn Bruder Haimo die Gebete verrichten könne, falls sie dazu nicht in der Lage seien.

Und so kam es zu einem unerwarteten Aufenthalt der zwei Reisenden. Maria tat, was sie konnte, versuchte das bescheidene kleine Bad so herzurichten, dass sie die erkrankten Glieder der Mönche täglich waschen und ihre Kleider reinigen konnte, Haimo achtete darauf, dass das Feuer unter dem Kessel für das heiße Wasser nie ausging, und alle paar Tage ging er mit dem Esel über zwei Pässe zum nächsten Kloster, wo man ihm Brot, Lebensmittel und Wein weit vor den Pforten bereit stellte, denn seit man dort wusste, dass im Sankt Antonius-Klösterchen der Aussatz Einzug gehalten hatte, mied man den direkten Kontakt mit ihm, und er verständigte sich mit dem Pförtner durch Rufen.

Jedesmal fragte er nach den Sarazenen, und jedesmal rief man ihm zu, sie seien noch nicht gekommen, würden aber täglich erwartet. Wenn er mit seinem gepackten Esel zurückging, schaute er jedesmal vom Pass aus nach Montecassino hinüber, das manchmal als weißer Fleck zu sehen war, manchmal mit dem Dunst verschwamm und manchmal vom Nebel gänzlich verschleiert wurde.

Seinen »Abrogans«, Columbans »Poenitentiale« und die Heiligenviten von St.Gallen hatte er in die kleine Klosterbibliothek gestellt, die nur aus einem einzigen Regal bestand, und benutzte seine Büchertasche für den Transport von Rüben, Äpfeln und Feigen für die dahinsiechenden Mönche.

Zu den Stunden der Gebete ging er, wenn er nicht für die Verpflegung unterwegs war, in die winzige Kapelle und betete die Horen von der Matutin bis zur Komplet, sang die Hymnen entweder mit dem Abt zusammen oder ganz allein, und Maria horchte jedesmal auf und freute sich, seine Stimme zu hören.

»Wenn das hier zu Ende ist«, dachte Haimo, »bringe ich den Abrogans nach Montecassino und schreibe die Regeln des Heiligen Benedikt ab«, und er konnte kaum erwarten, bis es so weit war.

23

Der Rentner war am Morgen entlassen worden, das Nachbarbett war noch nicht neu besetzt, und sie waren allein im Zimmer.

Tags zuvor war Ernst operiert worden, man hatte die Knochen seines Wadenbeins mit drei Schrauben und einer Platte wieder auf den richtigen Weg gewiesen. Heute hatte er vorsichtig die ersten Gehversuche gemacht und unter Anleitung einer Physiotherapeutin den Gang an den Krücken geübt, wobei er einen leichten Schwindel bekam.

Am Nachmittag war Jacqueline gekommen, die jetzt im Besucherstuhl neben seinem Bett saß. Sie war erleichtert gewesen, ihn in gutem Zustand und bei guter Laune anzutreffen. Doch dann fragte sie ihn mit einem hörbaren Unterton von Vorwurf, was in aller Welt ihn denn dazu bewogen habe, die Tour allein zu unternehmen.

Das Walcherhorn habe ihn nicht interessiert, sagte Ernst, nur die Berglihütte habe er sehen wollen, in der Hoffnung, eine Spur vom Berggänger zu finden, der über dreißig Jahre im Gletscher gelegen habe.

Jacqueline schüttelte den Kopf. Ob er den denn gekannt habe, fragte sie ihn.

Ihn nicht, aber seine Witwe, und das Buch, das sie ihm gegeben habe, sei in ein Papier eingeschlagen gewesen mit dem alten Volkslied vom Bergli, und da habe er gewusst, dass das kein Zufall sein könne.

Was für eine Witwe? Was für ein Buch? Was für ein Volkslied? Jacqueline begriff gar nichts und fragte sich einen Moment, ob Ernst von der Narkose und den Medikamenten noch verwirrt sei, doch nun begann er ihr Schritt für Schritt die ganze Geschichte zu erzählen, vom Moment an, da er in der Bahnhofunterführung Bern den Hörer des Telefons abgenommen hatte, das plötzlich läutete, als er sie anrufen wollte, und er aus einer Laune heraus, die er sich nicht erklären konnte, zur alten Frau an der Gerechtigkeitsgasse gegangen war, worauf er dann immer tiefer in ein fremdes Leben verwickelt wurde.

Als er bei der Abdankung von Adele Schaefer angekommen war, klopfte es, Ernst machte Jacqueline ein Zeichen, er hielt den Zeigefinger vor seine Lippen, Jacqueline nickte, dann rief Ernst mit schwacher Stimme: »Herein!«

Es war Sepp.

»Fred, oder Ernst, wollte nur schnell schauen, wie's dir geht.«

Er schüttelte ihm die Hand und reichte ihm eine Schachtel Schnapspralinés.

»Danke.« Er zeigte auf die andere Seite des Bettes. »Meine Frau Jacqueline. Und das ist der Sepp. Er hat mich in der Spalte gefunden.«

Jacqueline erhob sich und gab Sepp über das Bett hinweg die Hand. »Ich danke Ihnen, da hatte er ja Glück.«

Sie setzte sich wieder.

»Schon gut. Man hilft sich in den Bergen. Der Fuß?« fragte er, zu Ernst gewandt.

»Gestern operiert. Splitterbruch im Wadenbein. Bin ziemlich am Boden«, und er atmete tief und schloss die Augen. Nach einer Weile öffnete er sie wieder und fragte:

»Die Polizei kam von dir?«

Sepp nickte. »Das schon, sie haben dich ja gesucht.« Er lachte. »Du warst ziemlich lang auf der Toilette in der Nydeggkirche. Und du hast mir einen falschen Namen gesagt. Hab's übrigens gleich gemerkt. Es gibt keinen SAC Zürich, nur einen SAC Uto und einen SAC Manegg. Du hattest Gründe. Hast du sie die Treppe runtergestoßen?«

»Spinnst du?«

Jacqueline stand auf. »Ich bitte Sie!«

»Sie haben mich nach einem Alibi gefragt,« sagte Ernst, »und ich hatte eins. Für Tötungen bin ich nicht zuständig.«

»Aber für Bücher?«

Jacqueline war empört. »Nun hören Sie auf, meinen Mann zu belästigen. Sie sehen ja, wie müde er ist. Sonst hole ich einen Arzt.«

»Schon gut«, sagte Sepp, indem er sich zur Tür wandte.

»Gute Besserung, Ernst. Und melde dich mal, bin bei der Sektion Bern, dann machen wir zusammen eine Tour. Damit du nicht allein über den Gletscher musst.« Er lachte kurz und öffnete dann die Tür.

Ernst hob die Hand. »Danke für den Besuch«, sagte er leise.

Als er sicher war, dass Sepp wirklich gegangen war, fragte er Jacqueline lächelnd: »War ich hinfällig genug?«

Sie war immer noch aufs Höchste erregt über die Frechheit dieses Bergkollegen, und nun rief ihr Ernst nochmals sein Entweichen aus der Nydeggkirche in Erinnerung, das sie ihm damals nicht geglaubt hatte, und fügte hinzu, die Polizei habe wohl im Zusammenhang mit Adele Schaefers Treppensturz einen gewaltsamen Tod nicht ausgeschlossen und diesbezügliche Ermittlungen begonnen.

Ob er sich da nicht verdächtig gemacht habe mit dieser Flucht?

»Doch«, sagte Ernst, »eine weitere Dummheit, sonst wären sie mich am Sonntag nicht befragen gekommen.«

»Die Polizei war hier? Das wird ja immer schöner!« Jacqueline konnte es nicht fassen, und Ernst bat sie um Geduld, er sei noch nicht so weit mit Erzählen, und fuhr fort, ihr die mitternächtliche Erscheinung und das Auffinden des Kriegstagebuchs zu schildern, Szenen, bei denen Jacqueline eine Gänsehaut bekam.

Dass er das Heft dann in der Hütte noch gelesen habe, sei eine weitere Dummheit gewesen, denn wäre er früher aufgebrochen, hätte die Schneebrücke wohl noch gehalten.

»Ich glaube, du musst dich damit abfinden, Liebes, dass du mit einem Dummkopf zusammenlebst.«

Hauptsache, er lebe noch, antwortete Jacqueline, und sie müsse jetzt diesem Dummkopf auch etwas sagen.

In dem Moment klopfte es erneut an die Tür, und das Polizistenpaar Lienhard und Roth trat ein.

Ernst stellte ihnen seine Frau vor, worauf Lienhard sie bat, sie einen Moment allein zu lassen.

Irritiert verließ Jacqueline das Zimmer und bat sie, es möglichst kurz zu machen, mit Rücksicht auf den Zustand ihres Mannes.

Lienhard eröffnete Ernst dann, dass die Aussage der Zeugin Heiniger glaubhaft sei und er somit von einem Verdacht entlastet sei. Es würde sie aber interessieren, was seine Verbindung zu Adele Schaefer gewesen sei. Eine Freundin seiner verstorbenen Mutter, log Ernst ohne zu zögern, die er früher gut gekannt habe, sie sei vereinsamt, sei mit ihrer zunehmenden Erblindung dem Leben nicht mehr gewachsen gewesen und habe ihn um Hilfe gebeten. Frau Roth tippte seine Aussage in ihren Laptop.

Wie es gekommen sei, dass er an einem normalen Arbeitstag sein Büro verlassen habe, um sie zu besuchen. Die Zeugin Heiniger habe sich jedenfalls gewundert, wie sie zu Protokoll gegeben habe. Er habe, sagte Ernst, nach seinem letzten Kontakt mit Adele Schaefer auf einmal ein sehr ungutes Gefühl gehabt und beschlossen, nach ihr zu sehen. Von der Arbeit her sei das für ihn kein Problem, da er noch Überstunden zu kompensieren habe, und ein bisschen wundere es ihn, dass sich Frau Heiniger gewundert habe, aber so erfahre man, was die Arbeitskolleginnen über einen denken. Und sonst könnten sie auch seine Frau fragen, ob er an diesem Morgen wie üblich zur Arbeit gefahren sei.

Ob er von einem wertvollen alten Buch gehört habe, das in Frau Schaefers Besitz gewesen sei, fragte Roth weiter, und Ernst lächelte. Bücher habe es allerdings mehr als genug gegeben in ihrer Wohnung, aber von einem besonders wertvollen wisse er nichts.

Dann sei noch die Frage, weshalb ihn die Kollegen nach der Abdankung von Frau Schaefer in der Nydeggkirche nicht mehr gefunden hätten. Das sei ihm nun ganz neu, sagte Ernst, er sei noch auf die Toilette gegangen und habe dann erst die Kirche verlassen, da hätten wohl die Kollegen nicht richtig hingeschaut, falls sie auf ihn gewartet haben sollten. Man habe ein offenes Fenster in einem Abstellraum der Kirche gefunden und sich gefragt, ob er vielleicht über den Baum hinter der Kirche zur Straße hinaufgeklettert sei, fuhr Lienhard fort.

Ernst lachte. Ob er so aussehe, als ob er in Trauerkleidung einen Baum hinaufklettere? Was da die Leute wohl von ihm denken würden?

Eine Krankenpflegerin öffnete die Tür und sagte, die Arztvisite sei schon im Nachbarzimmer.

»Danke, das wär's für den Moment«, sagte Lienhard, und Frau Roth klappte ihren Laptop zu. Sollte es später noch Fragen geben, bitte er Herrn Stricker, sich zur Verfügung zu halten, und sie wünschten ihm gute Besserung.

Dann kam der Arzt mit der Physiotherapeutin, fragte ihn nach dem Befinden und sagte dann, wenn morgen die Gehübungen zufriedenstellend verliefen, könne er übermorgen nach Hause.

Endlich trat Jacqueline wieder ein und sagte leicht verstört, die hätten sie gefragt, ob er am Morgen des 7. Mai das Haus zur üblichen Zeit verlassen habe.

Und?

Natürlich, habe sie geantwortet, als sie ihr den Kalender gezeigt hätten. Es war ein Freitag, und in dieser Woche war nichts Besonderes.

Dann könne sie beruhigt sein, sie habe zwar einen Dummkopf zum Mann, aber wenigstens keinen Mörder. Ernst lachte.

Sie finde das nicht zum Lachen, sagte Jacqueline, und überhaupt dieses ganze Va et vient bei ihm, ob er sich da noch erholen könne.

»Wenn du da bist, schon«, sagte Ernst, und jetzt wolle er ihr die Geschichte noch zu Ende erzählen, und berichtete ihr, wie die Rettung vor sich gegangen war, und sie habe offenbar auch die Rega angerufen, was ihn sehr gerührt habe.

»Du hast mir Angst gemacht mit deinem Alleingang!« rief Jacqueline, plötzlich den Tränen nahe.

»Es tut mir leid, Liebes, es tut mir leid. Ich mach's nicht mehr. Und dir ging's nicht gut am Klassentreffen?«

»Nein, und ich kann dir auch sagen, warum.«

Die Tür öffnete sich, und eine Krankenpflegerin brachte Ernst ein Tablett mit dem Nachtessen, schob ihm die Tischplatte über das Bett und wünschte ihm einen guten Appetit.

»Ich weiß gar nicht, ob ich Hunger habe«, sagte Ernst, als sie wieder gegangen war, blickte ratlos auf den Kartoffelstock mit der Pilzsauce und nahm eine Gabel in die Hand. Dann schaute er zu Jacqueline. »Und warum ging es dir nicht gut?«

Sie stockte einen Moment und sagte dann: »Ich bin schwanger.«

Ernst ließ die Gabel fallen.

24

»nunc et in hora mortis nostrae. Amen« murmelten die drei Mönche, die neben dem Grab standen, das Haimo auf der kleinen Wiese ausgehoben hatte, die sich hinter dem Klösterchen bis zum nahen Waldrand erstreckte. Dann hob er das Leichentuch mit dem verstorbenen Bruder an der Fußseite auf, der Abt wollte es auf der Kopfseite hochheben, stöhnte aber vor Schmerzen, denn sein Arm war schon zerfressen, und Maria trat herzu und senkte zusammen mit Haimo Frater Angelus in die Grube; Haimo schaufelte die Erde hinein, die er zu zwei Hügeln links und rechts des Grabes aufgeschichtet hatte.

Dann humpelten die drei Mönche wieder zurück ins Kloster. Haimo legte die Schaufel nieder und blieb mit Maria stehen.

»Wird es denn nicht besser?« fragte er sie nach einer Weile.

Maria schüttelte den Kopf. »Bruder Gaetano kann schon nicht mehr gehen, es wird nicht mehr lange dauern.«

»Ora pro nobis peccatoribus« sagte Haimo, »bete für uns

Sünder – aber was haben denn diese Brüder gesündigt, dass sie so hart bestraft werden?«

»Wir wissen es nicht«, sagte Maria.

»Ich wüsste es aber gern«, sagte Haimo, und dann fragte er Maria, ob sie auch schon daran gedacht habe, diesen Ort des Jammers zu verlassen und einfach nach Montecassino zu gehen, wo er seinen »Abrogans« hinbringen sollte. Ob die Sarazenen wirklich kämen, sei höchst ungewiss, und schlimmer als der Aussatz könnten sie wohl nicht sein.

In diesem Augenblick ertönte ein Schmerzensruf vom Kloster herüber, und Maria machte sich auf. »Es ist Gaetano, ich muss helfen.«

So ist es, dachte Haimo, sie muss helfen, und er wusste, dass er allein gehen musste, wenn er nach Montecassino wollte, und er wusste auch, dass er es nicht fertigbringen würde, allein zu gehen und Maria zurückzulassen. Es blieb also nichts anderes, als zu warten, bis das Leiden hier zu einem Ende kam. Er dachte daran, dass er morgen wieder mit dem Esel zum andern Kloster gehen musste, und er hörte Gaetano aus seiner Zelle schreien.

Dann nahm er die Schaufel und hob ein zweites Grab aus.

Als er damit fertig war, ging er zum Vespergebet in die Kapelle und sang den 121. Psalm, »Ich hebe meine Augen auf zu den Bergen. Woher wird mir Hilfe kommen?«

Am nächsten Tag ging er mit dem Esel über die Pässe, lud die zwei Säcke mit Nahrungsmitteln auf, die für ihn bereit lagen, und rief dem Klosterpförtner zu, Bruder Angelus sei gestorben. »Friede seiner Seele!« rief der Pförtner zurück, und Haimo machte sich wieder auf den Weg.

Als er im Klösterlein ankam, war Bruder Gaetano schon tot. Maria hatte ihn in sein Leichentuch gewickelt, und Haimo schleifte ihn mit ihr zusammen hinaus, zum zweiten Grab. Der Abt und Bruder Hilarius folgten ihnen, sie beteten ein kurzes Requiem und das Ave Maria und schleppten sich wieder hinein. Bruder Julian konnte sich schon nicht mehr vom Lager erheben, und als Haimo wieder mit dem Esel zum Nachbarkloster ging, rief ihm der Pförtner zu, er habe etwas weniger bereitgestellt, da sie jetzt weniger seien, und Haimo rief zurück, das reiche für länger, sie seien nur noch zu viert, auch Bruder Gaetano und Bruder Julian seien in die Ewigkeit eingegangen.

Auf dem Rückweg stieg beim Gedanken an das nahende Ende der Klosterbrüder eine heimliche Freude in ihm auf, und er erschrak, als er merkte, dass er auf den baldigen Tod der zwei verbliebenen Mönche hoffte. Er kniete auf der Stelle nieder und bat Gott um Verzeihung für seine sündigen Gedanken. Aber die Vorfreude blieb.

Eine Woche danach mussten sie den Abt begraben. Maria hatte nicht die Kraft, Haimo beim Heraustragen zu helfen, und er musste den Leichnam auch allein in die Grube senken. Maria weinte, als die Erde über den Toten kollerte, und schaute Haimo mit einem Blick an, der ihn erschreckte.

»Maria?« fragte er.

Da rollte sie ihre Ärmel auf und zeigte ihm ihre Arme, die mit Aussatz bedeckt waren, ihr linker Ellbogen war bereits von der Seuche zerfressen. Sie wollte ihm auch ihre Unterschenkel zeigen, aber Haimo wehrte ab. Er konnte den Anblick nicht ertragen.

»Haben wir gesündigt?« fragte Maria.

»Nein!« rief Haimo heftig, »Mann und Frau, das ist keine Sünde, das hat Gott so gewollt!«

»Ich werde zu meinem Tassilo gehen«, sagte Maria, »und du kannst nach Montecassino gehen.«

Haimo wollte sie umarmen, aber Maria wich zurück. »Du musst auf dich aufpassen«, sagte sie und ging zurück ins Klösterchen, um Hilarius in seinem Todeskampf beizustehen.

Als Haimo zum nächsten Mal über die Pässe ging und zum Kloster kam, rief er dem Pförtner zu, er nehme nur eine Tasche voll zu essen mit und binde den Esel hier an, er gehöre fortan ihnen.

»Warum?« rief der Pförtner zurück.

»Alle Fratres sind tot, es gibt nur noch mich!«

»Willst du zu uns kommen?«

»Nein!« rief Haimo, als er mühsam durch den frisch gefallenen Schnee davon humpelte, zurück zu Sankt Antonius im Tale, wo er die Grube neben Maria schon ausgehoben hatte.

25

Ernst und Jacqueline fuhren von Rom aus im Zug durch die Weiten Lazios, immer den Bergen des Apennins nach, die einmal näher und einmal ferner waren und sich einmal höher, einmal niedriger erhoben, zwischen Pinien, die Hügelzüge schmückten, Zypressen, welche Gehöfte einrahmten, Schilfgebüschen an der Böschung der Bahngleise, Olivenhainen, Weinbergen, Akazien, Agaven und Kakteen.

Der Zug war überraschend voll, sie hatten sich gerade noch zwei Sitzplätze nebeneinander sichern können. Ernst hatte ihre beiden Koffer in die Gepäckablage gehievt, und aus Jacquelines Tragetuch schaute ihr Töchterchen Maria heraus. Die zwei älteren Frauen ihnen gegenüber, die sich eingehend erkundigt hatten, wie alt das Kindlein sei und ob Bub oder Mädchen, und vergeblich versucht hatten, es mit kleinen Grimassen zu einem Lächeln zu verleiten, waren schon bald nach der Abfahrt des Zuges eingeschlafen, auch Maria fielen die Äuglein zu, Jacqueline döste, und Ernst schaute zum Fenster hinaus und wartete auf die Silhouette des Klosters Montecassino.

Nach anderthalb Stunden war es so weit. »Schau«, sagte er zu Jacqueline und stupfte sie an, »wir sind da.«

In Cassino stiegen sie aus und nahmen ein Taxi zum Hotel »La Pace«, das Jacqueline im Internet gebucht hatte. Es stellte sich zu ihrem Schrecken als Hotel heraus, das eher den Namen »La Guerra« verdient hätte. Das Foyer war mit lauter Relikten aus den Schlachtfeldern dekoriert, mit Helmen, Patronengürteln, Handgranaten und Panzerfäusten, und an den Wänden hingen Pläne mit den eingezeichneten Verteidigungslinien und Truppenbewegungen der Schlacht um Montecassino, an der Rezeption wurden auch Begehungen der Kriegsschauplätze angeboten. Es sei ja nur für zwei Nächte, beruhigte sie Ernst, und so bezogen sie ihr Zimmer, dessen eines Fenster allerdings auf eine befahrene Straße ging, was Jacqueline zur Bemerkung veranlasste, das sei das letzte Mal, dass sie ein Hotel im Internet buche.

Immerhin war für ihre Maria ein kleines Gitterbett bereit gestellt worden, das Ernst nicht ohne Rührung betrachtete. Es war die erste Reise, die sie nach der Geburt des Kindleins zusammen unternahmen. Nach dem Schock, den Jacquelines Schwangerschaft anfänglich für ihn bedeutet hatte, war er ein begeisterter und fürsorglicher Vater geworden. Er erzählte seinem Töchterchen jeden Abend eine Geschichte vom Hasen, der über ihrem Bettchen hing und der immer neue Abenteuer bestand, bis man ihm durch Ziehen an einer Schnur eine kleine Gute-Nacht-Musik entlocken konnte, und er ließ sich davon auch nicht abbringen, als ihn Jacqueline einmal fragte, ob er im Ernst glaube, sie verstünde das. Sie hatte Maria überraschend mühelos zur

Welt gebracht, und die Rolle als Mutter, welcher sie etwas ängstlich entgegen geschaut hatte, machte ihr wider Erwarten Freude, sie hatte ihr Pensum bei der Bibliothek reduziert, hatte, solange sie stillte, Maria vorläufig zur Arbeit mitgenommen, aber für die Zeit nach der Rückkehr von der Reise waren zwei Tage in einer Säuglingskrippe reserviert, und den dritten Tag übernahm Ernst, der seine Arbeitszeit ebenfalls abbauen konnte, was ihm angesichts seines Mangels an beruflichem Ehrgeiz nicht schwerfiel. Wie man die Windeln wechselte, hatte er bereits gelernt, und auch über Breilein und Flasche wusste er Bescheid, er freue sich, hatte er zu Jacqueline gesagt, auf seine Tätigkeit als Babybarmixer.

Nachdem sie sich im Hotel eingerichtet hatten, gingen sie eine Pizza essen, in einem Restaurant mit hässlichen Blechtischen, in dem am Fernsehen ein Fußballspiel übertragen wurde. Maria war wach und neugierig und erntete Bewunderung und Aufmerksamkeit vom Kellner und den Gästen am Nebentisch. Die Pizza war in Ordnung, kam aus dem Holzofen, auch der lokale Wein schmeckte gut, und so waren sie, als sie in ihr martialisches Hotel zurückkehrten, gerüstet für den morgigen Besuch der Klosterbibliothek.

Ernst hatte nach seiner Genesung den Kollegen Schlecker ins Vertrauen gezogen, ohne ihm die Herkunft des Buches zu verraten, hatte ihm auch gesagt, er denke daran, es der Zentralbibliothek zu überlassen, worauf es Schlecker zunächst von einer Kollegin scannen ließ, die sich mit mittelalterlichen Dokumenten auskannte, sie hatte schon das älteste Buch der Bibliothek gescannt, den Purpurpsalter, und nahm mit großem Respekt den »Abrogans« entgegen. Als Ernst sie einmal während dieser Arbeit besuchte, zeigte sie ihm ein kleines loses Stück Pergament, das zum Vorschein gekommen war, als sie eine Seite gewendet hatte. Darauf stand in derselben Schrift, in der auch das Buch abgefasst war:

Ih, Haimo scriptor, bringu hunc librum nah Montem Cassinum.

Damit, sagte sie, habe man wohl den Namen des Schreibers, Haimo, und wahrscheinlich habe er das Buch nach Montecassino gebracht.

»Bringen *wollen*«, sagte Ernst und dachte an Philipp Schaefers Kriegstagebuch.

Die Kollegin war erstaunt. Woher er das zu wissen glaube?

Das könne er erst später sagen, aber es hänge mit der Geschichte der Entdeckung des Buches zusammen.

Er hatte von einem italienischen Benediktinerarchiv erfahren, dass das Klösterchen Sant Antonio della Valle schon im Frühmittelalter gegründet worden sei, in dem es zahlreiche sogenannte Zwergklöster gegeben habe, dass es aber im Zweiten Weltkrieg durch die Deutschen gesprengt und nicht wieder aufgebaut wurde, und auch die Erschießung der letzten fünf Mönche wurde erwähnt.

Er habe, sagte Ernst zu Jacqueline, als er ihr von dem gefundenen Satz erzählte, das Gefühl, der Schreiber Haimo sei nicht bis nach Montecassino gekommen, sondern aus irgendwelchen Gründen kurz vor seinem Ziel in diesem Klösterchen stecken geblieben. Man nehme ja an, dass das Buch aus dem süddeutschen oder bayerischen Gebiet stamme, und eine Fußreise im 8. Jahrhundert von dort bis nach Italien sei bestimmt keine Kleinigkeit gewesen.

Ob das Buch schon in Montecassino gewesen und erst danach in das Klösterlein gebracht worden sei, werde man kaum herausfinden und sei ja eigentlich auch nicht von großer Bedeutung, fand Jacqueline.

Doch, für ihn sei es schon von Bedeutung, sagte Ernst.

Wieso denn?

Dieses Buch sei für das Kloster Montecassino bestimmt gewesen, und wenn es dem Schreiber Haimo nicht gelungen sei, es dort abzuliefern, dann …

»Was dann?«

»Dann bringe *ich* es.«

Jacqueline war baff.

»Ist das dein Ernst? Nach 1200 Jahren?«

»Ja.«

»Dann komm ich mit«, sagte Jacqueline.

Es war nicht leicht, der Zentralbibliothek klar zu machen, dass sie sich nicht mit dem ältesten Buch deutscher Sprache schmücken durfte, denn darum handelte es sich eindeutig, das hatten sowohl der tschechische Spezialist bestätigt als auch die Historiker, die mit den Feinheiten der karolingischen Handschrift vertraut waren, aber da das Buch im Besitze Ernsts war, konnte man es ihm nicht streitig machen, nicht einmal mit einer größeren Summe, die man aus dem Lotteriefonds locker machen wollte. Adele Schaefer, für die er es verwahrt hatte, lebte nicht mehr, die Untersuchungen zu ihrem Tod waren eingestellt worden.

Mit seinem Freund Thomas bereitete Ernst eine offizielle Schenkungsurkunde vor, in welcher der Schenker als anonym bezeichnet wurde. Ernst hatte Thomas das Kriegstagebuch gezeigt, ebenso wie das Inserat in den »Alpen«, und ihm gesagt, dass ihn Torsten Riedel wegen seiner Bekanntschaft mit Sepp bestimmt finden würde. Thomas riet ihm, das Tagebuch niemandem zu zeigen. So wäre ein Anspruch einzig auf eine mündliche Behauptung eines Verstorbenen gegründet und juristisch kaum haltbar. Wieso wohl Schaefer sein Tagebuch nicht vernichtet, sondern quasi unauffindbar versteckt habe, aber trotzdem nicht unterlassen habe, einen Hinweis auf den Ort zu geben, fragte Ernst. Er glaube, sagte Thomas, Schaefer sei vom Krieg, wie so viele Menschen, die daran teilnahmen, maßlos überfordert gewesen und habe sich vielleicht ein Leben lang geschämt über das, was er tun musste. Seine gewagten alpinistischen Alleingänge hingen möglicherweise auch damit zusammen. Die meisten Menschen übrigens, die ein Geheimnis haben, können es nicht ganz für sich behalten oder legen irgendwo eine Spur zu dessen Aufklärung, das könne er ihm aus seiner Praxis als Anwalt sagen.

Und so saßen denn Ernst und Jacqueline mit der kleinen Maria im Tragetuch an einem Oktobermorgen an einem dunklen Eichentisch im Empfangszimmer der Bibliothek von Montecassino, einem Raum, in dem die Bücher in Schränken mit Gittern vor den Glasscheiben aufbewahrt wurden. Ernst hatte seinen schwarzen Hut auf den Tisch gelegt, wickelte den »Abrogans« aus einer Luftpolsterfolie und legte ihn dem Leiter der Bibliothek, dem Benediktiner Frate Gregorio, hin.

Er zog das Pergamentpapier mit Haimos Satz aus dem Buch, sagte in dem Italienisch, das ihm zur Verfügung stand, dass er durch einen Zufall zu diesem Exemplar gekommen sei, legte ihm die Echtheitszertifikate vor, teilte ihm auch mit, dass das Buch in der Zentralbibliothek Zürich digitalisiert worden sei und für alle Bibliotheksbenützer einsehbar, dass er aber der Ansicht sei, das Original gehöre hierher.

Frate Gregorio war auf eine Schenkung vorbereitet gewesen, aber nicht von dieser Bedeutung. Ehrfürchtig nahm er das Buch in die Hände, schaute das Zertifikat an und fragte fast ungläubig, ob das Alter des Dokuments wirklich stimme.

Ja, sagte Ernst, es stamme aus den 10 Jahren zwischen 770 und 780.

Sie besäßen nur einen Codex, der älter sei, sagte der Bibliothekar, die Sententiae des Isidoro di Siviglia aus der Mitte des 8. Jahrhunderts, den er ihnen nachher gerne noch im Archiv zeigen könne, und das sei ein großes Geschenk, für das er ihm gar nicht genug danken könne.

Ernst überreichte ihm die Schenkungsurkunde, welche Thomas auf Italienisch hatte abfassen lassen, und bat ihn, ihm mit seiner Unterschrift den Empfang des »Abrogans« zu bestätigen. Beim Passus der Anonymität des Spenders stutzte Frate Gregorio einen Moment, aber Ernst sagte, für ihn sei das besser so, und er brauche keine Angst zu haben, dass das Buch auf illegalen Wegen erworben worden sei, er habe es selbst geschenkt bekommen.

Frate Gregorio ließ nun durch eine Bibliothekarin einen Imbiss mit Brot, Käse, Salami und Wein herüberbringen, welchen sie für den Besuch vorbereitet hatte. In einem kleinen Toast bedankte er sich für die großzügige Schenkung und erhob sein Glas auf Ernst und Jacqueline.

Ernst stand auf und sagte, er seinerseits möchte auf den Skriptor Haimo anstoßen, der dieses wunderbare Buch geschrieben habe und dessen Auftrag jetzt erfüllt sei, nachdem er wohl allein durch halb Europa gewandert sei, um irgendwo kurz vor seinem Ziel zu scheitern.

Als die Gläser klangen, fragte Jacqueline, ob er sicher sei, dass Haimo allein unterwegs gewesen sei.

»Glaubst du nicht?«

»Vielleicht hatte er ja noch eine Frau dabei.«

Ernst übersetzte Frate Gregorio und der Bibliothekarin Jacquelines Vermutung. Gregorio hob scherzhaft drohend den Zeigefinger, und alle lachten. Maria fing an zu weinen. Ihre Mutter übergab sie ihrem Vater, der sie sanft auf seinen Armen hin und her wiegte, bis er ihr die Flasche geben konnte, die Jacqueline aus ihrer Tasche geholt hatte.